UM LOUCO SONHA A MÁQUINA UNIVERSAL

JANNA LEVIN

Um louco sonha a máquina universal

Tradução
Ivo Korytowski

COMPANHIA DAS LETRAS

Título original
A madman dreams of turing machines

Capa
Flávia Castanheira

Preparação
Valéria Franco Jacintho

Revisão
Carmen S. da Costa
Valquíria Della Pozza

Dados Internacionais de Catalogação na Publicação (CIP)
(Câmara Brasileira do Livro, SP, Brasil)

Levin, Janna
Um louco sonha a máquina universal / Janna Levin ; tradução Ivo Korytowski — São Paulo : Companhia das Letras, 2009.

Título original: A madman dreams of turing machines.
ISBN 978-85-359-1382-8

1. Ficção norte-americana I. Título

08-11852 CDD-813

Índice para catálogo sistemático:
1. Ficção : Literatura norte-americana 813

[2009]

EDITORA SCHWARCZ LTDA.
Rua Bandeira Paulista, 702, cj. 32
04532-002 — São Paulo — SP
Telefone: (11) 3707-3500
Fax: (11) 3707-3501
www.companhiadasletras.com.br

Ao meu pai

Não existe um início. Tentei inventar um, mas era mentira, e não quero ser uma mentirosa. Esta história terminará onde ela começou, no meio. Um triângulo ou um círculo. Um circuito fechado com três pontos.

Num vértice está um lunático paranóico, no outro está um pária solitário: Kurt Gödel, o maior lógico de muitos séculos; e Alan Turing, o brilhante matemático e decifrador de códigos. A genialidade deles é um testemunho de nosso próprio valor, um antídoto contra a insignificância; e seus defeitos abundantes são desafortunados, mas parecem complementos naturais, como se a grandeza só pudesse ser distribuída com uma medida igual de fraqueza.

Essas duas pessoas convergem na história e divergem nas crenças. Vivem vidas apenas tangencialmente relacionadas e mortes escritas para o outro, reflexos invertidos. Ambas são brilhantemente originais e marginais. Ambas são fiéis à razão e à verdade. Ambas estão inebriadas de matemática. Mas, apesar de toda a devoção delas, a matemática é indiferente, inalterável por qualquer de seus dramas: os delírios psicóticos de Gödel, a sexualidade de Turing. Um mais um sempre será dois. Suas vidas dilaceradas são meros episódios à margem de suas descobertas. Mas ao mesmo tempo suas descobertas são sinais de nosso propósito, e suas vidas são parábolas sobre o livre-arbítrio. Contra a indiferença, quero contar suas histórias.

Nossas histórias não importam?

Eu nem sequer deveria estar aqui, mas algumas coisas você só consegue alcançar das formas mais desajeitadas. Mesmo que eu tentasse ocultar o fato, mentir, a verdade é que ainda sou eu quem conta esta história. O catálogo desordenado de fatos biográficos nada fornece sem as histórias com seus avanços e omissões e, às vezes, mentiras puras e simples para criar significados que simplesmente não emergirão dos escombros de fatos isolados. Porque algumas verdades nunca podem ser provadas respeitando-se as regras. Portanto, toda essa história sobre a Verdade é uma Mentira. O mentiroso diz: *Isto é uma mentira.*

Sou esse mentiroso, o terceiro e último ponto do triângulo, o elo fraco, a dobradiça frouxa, o vértice desalinhado. Minha função é prosseguir do ponto anterior e entregar ao próximo. Mas não sei por onde começar. Estou postado em uma rua, em uma cidade. Vou pegar um trem. Existem pessoas fluindo em todas as direções e uma mulher velha passeando. Um de nós será lembrado? Um de nós importa?

Essa história sobre verdade e lógica conduz ao ateísmo e ao misticismo. Ao desespero e ao suicídio. Ao futuro, ao nosso passado. Ao presente. Portanto, eis um ponto de partida tão arbitrário quanto qualquer outro, porque a lógica não se desenrola no tempo. Ela existe para sempre passado adentro, determinando como o universo começou; e para sempre futuro adentro, nosso destino já escrito pelas regras inevitáveis da lógica. Podemos impor a cronologia porque a linearidade do tempo ajuda, fornecendo-nos papéis no roteiro, um local para começar e terminar. Portanto, aqui começo. Em Viena. No ano de 1931. Esse lugar é tão bom e essa data é tão boa como quaisquer outros.

Viena, Áustria, 1931

O cenário é um café. O Café Josephinum é um aroma primeiro, um aroma picante de grãos de café turco torrado, pesado demais para pairar no ar, aguardando assim a corrente mais poderosa de vapor emitida pela superfície de pires ferventes estimulando o café. Só de inalar os vapores do ar, os fregueses ficam superestimulados. O café aparece no cérebro como esse odor delicioso e brumoso primeiro, despertando a lembrança do salão de espelhos cambiante em segundo lugar — a lembrança quase tão vigorosa como a visão real do salão, que aparece na mente apenas em terceiro lugar. O café é um combustível para alimentar idéias. Um combustível para a esperança ansiosa de que a colheita de arte e palavras e lógica seja a mais rica de todos os tempos, porque somente a temporada mais fecunda os salvará durante o cerco desse inverno terrível e o cerco daquela guerra terrível. Nomes são feitos e esquecidos. Linhas famosas são escritas, junto com linhas menos famosas. Artistas pagam suas dívidas com obras que colorem certas paredes, e outras paredes descambam numa decrepitude fascinante. Lá fora, Viena se deteriora e rejuvenesce em retalhos, um jardim variado e malcuidado. Daqui, as janelas do café parecem proteger a multidão lá dentro das intempéries e do tédio de qualquer dia. Lá dentro, riem e fumam e gritam e discutem e fitam e assobiam, e a mistura leitosa forma uma renda ao longo da borda de suas xícaras.

Um grupo de cientistas da universidade começa sua reunião, lançando suas idéias à confusão, junto com as de artistas e romancistas e visionários que reagem de forma maníaca à depressão que se segue à derrota de uma nação. É preciso ser convidado para ingressar no grupo. Lentamente seus membros se multiplicam, e conceitos se consolidam da sopa de idéias e tomam forma, até que a sopa mereça um nome, de modo que eles são chamados pela Europa, e até tão longe como nos Estados Unidos, de Círculo de Viena.

No centro do Círculo está um círculo: um tampo de mesa de mármore limpo, redondo, branco. Eles escolhem o Café Josephinum precisamente devido a essa mesa. Uma caneta vai sendo passada adiante no sentido anti-horário. A primeira marca é feita, uma equação aplicada diretamente ao tampo da mesa, uma barra de tinta preta através do mármore, uma sentença matemática em meio aos respingos. Todos lêem a equação, concentrando-se no significado em meio aos pingos desordenados. A matemática é visual, não auditiva. Discutem com suas vozes, porém mais enfaticamente com suas canetas. Mancham o mármore com linhas de lógica simbólica, num pigmento preto sumoso que quase se apaga.

Reúnem-se ali todas as quintas-feiras à noite para destilar suas idéias — para distinguir ciência de superstição. Em jogo está Tudo. Realidade. Significado. A vida deles. Eles perderam toda a tolerância a atitudes fúteis e floreadas, ao misticismo ou à metafísica. Isso falando em termos brandos. Eles *odeiam* misticismo e metafísica, religião e fé. Eles abominam essas coisas. Querem separar a verdade. Sentem, imagino, a quase histeria de percebê-la bem ali, além dos nós dos dedos, na extremidade de braços esticados até o limite.

Estou ali de pé, olhando a trezentos e sessenta graus ao redor da mesa. Alguns deles dão a impressão de serem mais brilhantes que os demais. São insistentes e se anunciam. A matemática Olga Hahn-Neurath está ali. Ela representa um papel pequeno mas valioso nesse roteiro, assim como seu marido, Otto Neurath, o socialista corpulento. Mais importante, Moritz Schlick está ali para formar o ápice e a origem do Círculo. Olga, que ficou cega ao cabo de uma infecção, fuma seu charuto enquanto Otto bebe doses letais de cafeína, e Moritz se acomoda, roçando suas lapelas. A participação dos demais hoje presentes é menos imperativa. Podemos nos aproximar de um círculo mediante um punhado de pontos distintos, e os outros não serão enumerados. Há talvez membros mais importantes do Círculo no decorrer dos anos, mas estas são as pessoas que brilham, coloridas, contra minha imagem granulosa, em preto-e-branco, da história. Um retrato granuloso, desgastado, de baixa resolução, monocromático de uma cena parada. Consigo distinguir detalhes se examino a foto com atenção. Lá fora, um vento congelado no tempo queima os rostos indistintos de ocasionais pedestres. Homens fixam o chapéu na cabeça com mãos protegidas por luvas gastas pelo vento. Um espelho grande captura as imagens da janela, um pedaço de vidro animado.

Numa cadeira de madeira simples e escura junto à parede, quase escondido atrás da entrada florida de um compartimento estofado, capturado pela energia e pelo entusiasmo dessa época esperançosa, como que capturado por uma tempestade de vento, eis Kurt Gödel.

Em 1931, ele é um homem jovem de vinte e cinco anos, seus ângulos mais acentuados ainda ocultos sob a polpa macia da juventude. Ele acabou de descobrir seus teoremas. Com orgulho e ansiedade, traz consigo sua descoberta. Seu quase paradoxo, sua distorção da razão, será sua garantia de imortalidade. Uma imortalidade da alma ou apenas do nome? Essa pergunta será o tema de sua loucura. Posso afirmar que a longevidade sobre-humana se aplicará tão-somente ao seu nome? E só ligeiramente. Mesmo agora, que vivemos à sombra de sua descoberta, ele é pouco conhecido. Seu nome denota um teorema; ele é uma inicial, não um homem. Mas ali está ele, um homem em defesa de sua alma, em defesa da verdade, pronto para alterar a visão da realidade que seus amigos formularam nessa mesa de mármore. Ele se junta ao Círculo para contar aos membros que estão errados, e consegue provar isso.

Gödel é taciturno, solitário mesmo numa multidão, encostado na parede, observando como que no escurinho do cinema. Ele é reticente mas não desagradável. A atenção com que seus cabelos lisos, penteados para trás sobre a cabeça, afastando-se do rosto, são cuidados e untados com creme indica seu interesse mais forte depois da matemática, a saber, as mulheres. Seus esforços muitas vezes dão frutos, apenas aumentando sua aura de mistério entre muitos dos matemáticos à sua volta. Mas, embora seja conhecido por ostentar uma ou duas namoradas, seu amor verdadeiro ele mantém em segredo. Sua maçã ferida, sua doce Adele.

Há algo de doce em seu rosto também, escondido pelos óculos de armação grossa, binóculos invertidos; assim, os que são atraídos para uma discussão de matemática com ele sentem como se estivessem perscrutando um horizonte distante e indistinto. Os óculos pretos completamente redondos, com uma ponte grossa, têm o efeito de acentuar seus olhos ou substituí-los por órbitas de desenho animado — uma manifestação física de grande visão metafórica. Eles insinuam, se alguém olhar para dentro, que toda ênfase deve ser posta ali naquelas janelas tristes ou, mais importante, no vasto mundo intelectual que reside logo além do foco das lentes binoculares.

Ele só fala quando alguém se dirige a ele, e apenas sobre matemática. Mas suas respostas são perfeitas e bonitas, e os pouquíssimos capazes de se conectar com ele sentem que descobriram um tesouro valioso. Seus parcos conselhos são procurados e estimados. Essa é uma juventude de talento impressionante e força intimidante. Essa também é uma juventude de estranheza impressionante e fraqueza intimidante. Talvez ele não tenha mais fraquezas que o resto de nós, mas tudo seu parece tão extremo: hipocondria, paranóia, esquizofrenia. São ainda mais pronunciadas quando comparadas com suas forças mentais incríveis. Parecem enormes vazios negros, pedaços retirados de uma estrela de brilho intenso.

Ele ainda é puro potencial. O potencial de ser grande, o potencial de ser louco. Conseguirá as duas coisas magnificamente.

Todos reunidos nesta quinta-feira, os números rotativos chegando a cerca de três dúzias, acreditam no fundo do coração que a matemática é inexpugnável. Gödel veio esta noite para abalar-lhes a crença, até que tudo que reste sejam peças convincentes que, ao serem reunidas, erguem um monumento poderoso à matemática, mas não inexpugnável — ao menos não completo. Gödel provará que algumas verdades residem fora da lógica e que não podemos atingi-las a partir desta última. Algumas pessoas — pessoas que provavelmente desconfiam da matemática — são rápidas em alegar que sabiam o tempo todo que algumas verdades estão além da matemática. Mas elas simplesmente não *sabiam*. Elas não o provaram.

Gödel não *supunha* simplesmente que a verdade nos iludiria. Ele *provou* isso. Não inventou um mito para se adequar aos seus preconceitos sobre o mundo — ao menos não ao se tratar de matemática. Ele descobriu seu teorema com a mesma certeza que teria se este fosse uma rocha que tivesse desencavado do chão. Poderia passá-lo ao redor da mesa, e ele seria tão real quanto aquela rocha. Se alguém se desse ao trabalho, poderia desencavá-la onde ele a enterrara e encontrá-la igualmente. Procure por ela e você a achará onde ele disse que estaria, na periferia do seu olhar. Existem estrelas fracas no céu noturno que você pode enxergar, mas somente se olhar para o lado a partir do qual elas brilham. Elas ardem fracamente demais ou estão distantes demais para serem vistas diretamente, mesmo que você as fite. Mas você *consegue* vê-las com o canto do olho, porque as células da periferia de sua retina são mais sensíveis à luz. Talvez a verdade seja semelhante. Você pode vê-la, mas com o canto do olho.

Dorset, Inglaterra, 1928

O cenário é o internato Sherborne School para rapazes, em Dorset. Um menino de dezesseis anos jaz no saibro e na serragem, sobre o alicerce duro inacabado, sob as tábuas de assoalho da sala de recreação da Westcott House. O menino sob o chão é Alan Turing.

Não está lá por livre escolha. Já faz algum tempo que foi subitamente agarrado e imobilizado e colocado no escuro. As tábuas de madeira encaixadas no lugar. A prisão sinistra e limpa. A tampa pesada e sob medida de um caixão improvisado. Turing enterrado vivo. Uma observação óbvia, mas crianças sempre subestimam o perigo de suas armas.

Há uma janela no tempo, suficiente para que umas poucas baforadas de ar soltem a poeira que adere desagradavelmente à base da tábua de assoalho, então a madeira se desloca um milímetro em reação à sua luta. A força de diversos braços emaranhados empurrando para baixo menos a força de um menino empurrando para cima. Turing não é exatamente fraco. Rijo e forte, ostenta uma musculatura robusta. Ele força e empurra até que o desespero faz com que emita um berro num registro mais grave do que sua voz consegue normalmente alcançar. Ainda que o som, realmente horrendo, deixe alguns apreensivos, nenhum dos meninos tem autoridade para deter os demais, e assim, com um pequeno poço de medo enterrado na mucosa do alto do estômago, juntam-se para arrastar a velha mesa de carvalho para o seu lugar, duas pernas sobre a tábua solta, as outras duas bem ancoradas em tábuas mais firmes.

Talvez essa seja uma cerimônia de iniciação. Agarra-se com otimismo a essa possibilidade. Não está sendo irônico. Não se trata de uma iniciação simbólica no início da vida adulta. Ele não usa nem compreende metáforas. Está sendo literal. Existe um precedente para o seu equívoco. Durante a primeira semana em Sherborne, em 1925, houve uma cerimônia oficial que culminou com os meninos mais velhos agarrando rudemente seus braços e pernas, desligando-o do chão, e dobrando seu corpo até se encaixar perfeitamente dentro de um barril. Ele foi então chutado corredor abaixo. Embora as pancadas fossem aplicadas indiretamente, sua humilhação foi mais direta. Não sabendo como reagir, ele se entregou ao incidente. Foi sacolejando, com relativo bom humor, olhos focados numa fenda entre as tiras tortas de madeira. Mas ele achou aquilo idiota. Achou que só podia ser idiota.

Isto é idiota também. Ele sabe que é. Quer gritar, xingá-los, mas os xingamentos ficam presos na garganta, ásperos como peixes espinhentos. As tábuas pressionam brutalmente seu rosto para a direita, amassando sua bochecha, seus braços e suas coxas, de modo que todo movimento impedido é agonia. As trevas, uma derrota adicional.

Ele entra em pânico. Sufoca na própria saliva. Ele se contorce. A tensão chega aos dedos dos pés. Ele agarra as pernas. Berra — um berro que alcança um alto diapasão até virar um soluço seco. Lutar piora a situação. Isso é claustrofobia. É delírio. Demência. Mesmo ao silenciar e vomitar ele quer ceder. Mas não consegue relaxar, se acalmar, render-se ao incidente, ser chutado corredor abaixo num barril de madeira. Embora saiba que eles são uns idiotas, embora saiba que são uns impostores, também admite que há muitas coisas no mundo que ele não entende e, de vez em quando, é melhor confessar essa falta de conhecimento do mundo. Nessas ocasiões, melhor aceitar ser aprisionado sob as tábuas soltas da sala de recreação da Westcott House. Mas ele não consegue.

Seus joelhos rangem. Os dedos dos pés sentem cãibras. As costas se enrijecem, e ele se horroriza com um riso de hiena — não totalmente estranho a Turing —, tal discurso estranho merece um riso complementar mas exagerado, um riso gritado, alto e serrilhado. Toda a instrumentação vocal de Alan está incontrolável. Uma espécie de deformidade auditiva cuja origem é, sem dúvida, a química do cérebro extrema do autista altamente funcional. Sua voz ressoa e explode e paralisa. Ele modula o diapasão, mas nunca o ritmo ou o tom. A linguagem da inflexão está em falta. A cadência que torna uma voz suportável e cria sentido está em falta. Sua fala é o ranger da colher de uma criança sobre uma superfície dura.

Seu volume superexaltado e sua oratória peculiar às vezes se afiguram alegres. Essa disfunção, bem como a tendência a recuar, deixa os diretores da escola sem saber se ele está ou não contente. Quando se correspondem com a sra. Turing, tentam estruturar suas observações sobre seu filho numa conclusão comovente, mas não conseguem. Incapazes de moderar a frustração, acabam revelando: "Sem dúvida, não é um menino normal".[1] Disso ela sabia.

Acima das tábuas do assoalho, a sala se torna uma cavidade que aprisiona seu riso histérico até desaparecer num mau agouro. Os meninos tentam exibir sua rudeza, ignorando o vibrato cacarejante que lhes retalha os ouvidos. Enquanto continuam jogando um jogo anormalmente silencioso, o poço de medo é empurrado e cai no fundo do fértil solo gastrointestinal, onde começa seu ciclo de vida. Inflamará qual uma úlcera ou florescerá em células anormais repugnantes? Depende de como cada um decide cuidar daquele jardim desarrumado.

Turing não consegue ver através das trevas. O negrume recobre seus olhos abertos, assim como grandes grãos de poeira salgados, fazendo seus olhos arderem e lacrimejarem, mas tecnicamente não se trata de choro. Este virá mais tarde, quando seu martírio terminar. Ou ao menos essa escaramuça em seu martírio vitalício: uma vida de solidão, perseguição e depressão, ligeiramente temperada por acessos infantis de felicidade. Mas não será uma vida ruim no cômputo geral, e será plena de realizações e de tanta importância que mesmo ele nunca a reconheceria.

Essa não é uma cerimônia de iniciação. É uma punição. Punição por olhar bem através deles, por olhar bem dentro deles.

Há raios de luminescência no mundo. Bombons duros e brilhantes que crepitam como jóias, espalhando raios pontiagudos de ouro por uma paisagem normalmente cinzenta. Às vezes Alan consegue ver esses esplendores sem ajuda. Encontra-os nos bosques ou os vê no céu. Às vezes precisa destilá-los da rocha comum com experimentos químicos canhestros que executa sofrivelmente em seu quarto, mas com a devoção de um alquimista, até produzirem ouro, ou apenas iodo, ou algum outro elemento com direito a figurar na tabela periódica. Às vezes, descobre-os com a mente, como a função trigonométrica inversa que conseguiu expressar como uma série infinita de formas algébricas mais simples. Estes são os melhores, essas jóias deslumbrantes das expedições incessantes, sistemáticas de seu cérebro. Os odores de suas substâncias químicas e sua ameaça incendiária não o detêm, mas os outros se irritam com a bagunça e reclamam. Suas descobertas puramente matemáticas têm a vantagem da privacidade: fragmentos de verdade irrompendo pela crosta da confusão, emoldurados por poças de carmesim que só ele consegue ver.

Para Alan, tal é o mundo: penedos luminosos, uma fieira de pedras preciosas. Ele salta de uma para a próxima, mal conseguindo se equilibrar sobre o mar turvo de fraudulentos e impostores. O mundo deles, de sinais faciais e falsos passos, normas sociais. O universo indireto e fosco deles, de desonestidade e lutas e artifício.

Ele está desconcertado e perdido nas permutas intricadas e argutas que os outros meninos estão aprendendo — mecanismos que evitam a candura com o floreado da classe média. Através do turbilhão de escombros do comportamento humano, ele tateia em busca da verdade. Quando a encontra, fita a centelha de verdade com uma fidelidade que ofende os demais. Aborrecidos, ressentidos, chutam as rochas até seu rosto, sem saber por que ele fita.

Dorset, 1928

Seu quarto nunca esteve limpo, para a frustração de sua mãe. Ela tenta mostrar-lhe, demonstrar: "Olhe, Alan. Guarde suas camisas em ordem". E existem instruções também. "Limpe com cuidado o canto da parede e o chão, senão vai ficar tudo empoeirado." Ela revista suas jaquetas em busca de lenços imundos com o desespero de uma mãe que procura contrabando nos bolsos do filho. Há sempre tantas roupas sujas que até ela dá um arroto de nojo ao apanhar aquelas mais profundamente soterradas, logo as mais velhas. Com um golpe com a palma da mão, ela tenta domar os cabelos do filho e limpar sua tez escura. Alan é a causa dela, e ela suporta a frustração com paciência e uma confiança que só falha ocasionalmente.

Ou bem ele não entende como se limpar, ou não liga para isso, ou, a mais lisonjeira das interpretações, está preocupado demais com distrações intensas e complexas: a santidade e pureza da matemática, a verdade profunda tão completamente imune às manchas humanas que nem sequer seu desajeitamento consegue empanar-lhe o brilho. Provavelmente ele não entende o que significa ser limpo, tanto no que diz respeito à higiene pessoal como no que diz respeito ao sucesso social. De modo que o gosto poeirento do chão da sala de recreação lhe é familiar se mais intensamente concentrado.

Turing atingiu os dezesseis anos neste verão e recentemente descobriu os hormônios. Os hormônios nada fazem por sua voz fina — enchem-na de força adulta, mas ele é incapaz de ressintonizá-la num registro mais grave. De modo que seu estranho e hesitante quase gaguejo ganha poder em vez de enfraquecer. O início de sua bioquímica adolescente aumenta sua sensibilidade aos pêlos firmes e eriçados que lhe sobem nos cantos escuros das axilas. Como que para constrangê-lo e revelar, a um só olhar, o que espreita em sua área mais privada, os pêlos cobrem, esparsos, sua mandíbula oleosa — algo sujo e sexual bem ali no seu rosto. Mas ele não sabe como arrumar e organizar esse novo sinal de masculinidade, assim como não sabe arrumar sobre a cabeça os cabelos que teimosamente caem para a frente, uma profunda franja preta, nem alinhar os botões com as casas em sua jaqueta perpetuamente torta, que cobre a camisa parcialmente para fora da calça e a gravata meio que solta, um laço de criança mal amarrado em volta de um colarinho manchado de tinta. Ele é uma bagunça. Uma bagunça suja.

A sujeira cerca-o como um leve fedor subindo pelo nariz das pessoas até a palavra *sujo* surgir na mente delas — como simultaneamente surge na de Alan —, uma lembrança da sexualidade adolescente que os outros já estão ocupados em esquecer.

A tensão sexual na Sherborne School para rapazes é controlável. Comentários obscenos e lutas explosivas são válvulas para regular essa tensão, e funcionam direitinho — não perfeitamente, mas bem, apenas bem. Os rapazes superam os obstáculos. A maioria anseia por garotas, eles suspiram por corpos macios e penugentos com a forma mais desprezível de insistência que chegarão a experimentar, e o desejo nunca será saciado em suas vidas. Jamais conseguem saciar aquele desejo adolescente, pois nunca mais conseguem evocar exatamente o mesmo desespero. Mas têm sucesso, apesar dos traumas. Depois, existe Turing. Ele nunca entende como ficar de pé, como conversar, para onde olhar, o que dizer. Suas indiretas, seus olhares atravessados. Desprezível Turing. Como alguém que se debruça para sussurrar algo e, quando você se aproxima, lambe sua orelha. Assim é Turing, para sempre tentando lamber sua orelha.

Ele culpa os brócolis pela aflição de hoje. Os brócolis no seu prato deixam-no em um estado de grande agitação no salão de jantar. Ele gosta de sua comida bem uniforme. A irregularidade ou textura aleatória mergulha-o na ansiedade. Além disso, o verde-amarelado azedo se assemelhava à cor da sopa de ervilhas. A sopa tudo bem, porque estava uniforme e rala como o chá — os hábitos culinários do país foram inspirados pelo racionamento rigoroso imposto durante a Grande Guerra. Isso é bom para ele. Ele gosta de sua comida diluída e fraca. Uniforme no sabor e limitada na variedade. A confusão das cores é um engodo repugnante. Se comidas devem ter a mesma cor, precisam ter o mesmo sabor. Mas o sabor dos brócolis não tinha nenhuma semelhança com o da sopa, embora ambos fossem insípidos. Os brócolis estavam moles e polpudos, mas bem configurados. O simples pensamento o revoltava.

O que ele realmente queria era uma maçã. A sopa de ervilhas semelhante a um chá ralo seguida de uma maçã. Uma maçã não é uniforme, mas é vermelha, bem diferente do verde-amarelado azedo, tendo isso a seu favor. Uma maçã também é redonda. Algumas maçãs são redondas como globos, encantadoras e geométricas, a simetria rompida pela haste, direcionando a fruta para o norte. Ele adora maçãs.

Não conseguiu inventar uma solução feliz para os brócolis.

Quedaram-se indesejados no seu prato, frios qual peixe velho. Descartar a verdura cozida rejeitada não foi fácil. Os professores não toleram desperdícios e os monitores certamente notariam. De modo que ele já estava em grande desvantagem ao se sentar para jantar.

Ele nunca sabia como lidar com sua bandeja. Preferia chegar cedo ou tarde. Se chegasse cedo, poderia provavelmente arrumar a comida no prato sozinho. Separando os matizes e consistências e escondendo quaisquer ofensores reais para serem descartados depois. Se alguém se juntasse a ele, faria isso por espontânea vontade e seria provavelmente um companheiro legal de jantar. Nem todos o odeiam. Ninguém o odeia. Alguns dos rapazes simplesmente não conseguem suportá-lo, o que não é a mesma coisa. Em particular, eles com freqüência lastimam seus ataques ao velho Turing, mas mesmo assim acham difícil resistir ao impulso da próxima vez. Se ele chegasse tarde, haveria menos oferta de comida, seu prato automaticamente racionalizado. Com menos por separar, poderia comer rápido e sozinho.

Hoje havia poucas cadeiras para escolher, e nenhuma delas estava isolada. Um jogo de roleta. Qual cadeira escolher? Às vezes todos os rapazes pareciam iguais, cada um exibindo um rosto rosa-carnoso racionado. Isso acontecia apenas quando ele entrava em pânico: não conseguia associar o rosto ao nome e ao personagem. Assim, atirou-se numa cadeira vazia como que lançando uma moeda, entregando-se ao acaso.

Não foi tão ruim no início. A mesa estrepitava com as conversas, e ele se concentrou em sua bandeja e continuou lidando com a crise dos brócolis. No singular mundo interior de Alan, ele se imaginou invisível, totalmente imperceptível. Mas, para os rapazes à mesa, foi impossível não se concentrar nele. Ele lutava com seus legumes, com movimentos espasmódicos, e sua própria caspa salgava-lhe a sopa. Um por um pararam de conversar e de sorrir. Por um minuto inteiro, os poucos colegas na pequena mesa deixaram de lado os talheres e observaram os preparativos inconscientes de Alan para o desastre prestes a ocorrer. Mais tarde, nenhum dos rapazes seria capaz de lembrar qual fora o primeiro a apunhalar Alan com o nome de Chris. Mas inesperadamente a colisão começou quando Alan foi forçado a abandonar a organização dos grupos de comida e procurar os olhos deles.

Não era *exatamente* que Turing não soubesse para onde olhar. Ele não sabia *como* olhar. Ficava boquiaberto. Encarava. Seus olhos se dilatavam e pareciam extrair alguma essência dos colegas de classe. A sensação era de que conseguia olhar diretamente através deles. A sensação era de que conseguia olhar diretamente para dentro deles. Ainda mais irritados com o fitar de seus olhos azuis do que com seu esquecimento, zombaram dele proferindo o nome. Era uma cantilena acusadora, um queixume e uma provocação: Christopher Morcom.

Chris é o primeiro, maior, mais puro amor de Alan, totalmente platônico. Está uma turma à frente de Alan na escola, e ocupa outro alojamento. Ainda que um ano mais velho, tem uma constituição frágil, traços finos e delicados que Alan adora examinar furtivamente, torcendo para que Chris não perceba. Essa beleza esguia pode ser atribuída, ao menos em parte, a uma fragilidade induzida por uma doença crônica, induzida, por sua vez, por um copo branco e pesado de leite de vaca espesso, um agradável meio litro de leite coroado por uma espuma adoravelmente morna, aparentemente comum, não fosse a contaminação da tuberculose bovina. Não havia nada de especial no dia em que o leite foi despejado no copo. Não havia nada de especial no copo que suas mãos abarcaram, exceto um calafrio ligeiramente desagradável de uma camada de condensação que sentiu nas palmas. O calafrio não foi chocante o suficiente para alertá-lo da bebida envenenada, e garganta abaixo ela deslizou, cobrindo seu lábio superior inocentemente e suas entranhas menos inocentemente. A tosse evoluiu rápido, acrescentando timbre à sua voz jovem e castigando-o com uma produção grosseira de catarro. Desde então, as bactérias têm procrastinado sua ação, tolerando o hospedeiro por pura preguiça. Chris mantém sua doença em segredo, deixando Alan especular sobre a causa de sua constituição pequena e sua aparência delicada.

Chris oferece a Alan apenas um alívio para sua solidão. Um rapaz loiro e charmoso, ele é tudo que Turing não é. Um sucesso fácil, naturalmente atraente, polido e adorável. Alan poderia sentir ciúmes de sua aptidão científica, seus experimentos exímios em físico-química, seus conhecimentos de astronomia, seu telescópio superior, e o cultivo em sua família dos conhecimentos científicos, bem como uma certa sofisticação artística. Mas, em vez disso, toma o único outro caminho disponível: ele o ama. Nunca confessa seu amor diretamente, embora Chris provavelmente saiba que esse estranho colega o ama. Mas Chris é fácil de se amar, e deve saber disso também.

Ali estava Alan, enfrentando os arbustos fibrosos dos brócolis, incerto quanto à identidade de seus companheiros de jantar, incapaz de decifrar seus rostos, sem saber quem estava do lado dele ou quem estava contra ele. Quando a provocação começou, ele não protestou, não se defendeu, não se ressentiu das implicações. Deu uma risada forçada. Uma risada de indulgência ante a alusão suja. Desprezível Turing.

Embora a destruição de seu prato o chocasse, sentiu-se aliviado ao se livrar dos brócolis.

Sob as tábuas de assoalho, dão-lhe tempo para refletir sobre sua gafe no jantar. Com o passar dos minutos, a poeira se acumula no vapor de seu nariz e sua boca. Embora consiga identificar a seqüência de eventos — o legume cozido, a cadeira, o nome, a risada forçada, o prato quebrado —, ainda não sabe ao certo o que saiu errado.

O *housemaster* responsável pelos alunos residentes, o sr. O'Hanlon, viu quatro rapazes penetrarem juntos no quarto de Turing — ou talvez fossem três. A energia frenética de seus membros às vezes dava a impressão de que havia o dobro de rapazes num dado lugar, e a semelhança do corte de seus uniformes azuis tornava difícil uma contagem clara.

Ele também estava a caminho do quarto de Turing, tendo avistado, do quadrante fora de Westcott House, uma cintilação sobre o peitoril desnudo da janela. "Turing está fervendo outra poção de bruxa", pensou, e empurrou com o ombro a porta do vão da escada, determinado a desmontar mais um dos laboratórios alquímicos grosseiros de Turing.

O peitoril da janela de Alan está sem decoração, bem como a moldura da janela, desde o mês anterior, quando as cortinas-padrão atingiram a ponta da chama de uma vela que tinha como objetivo aquecer o conteúdo cristalizado de uma colher, um procedimento experimental crucial. Turing admirou as faixas transitórias de azul, vermelho e amarelo girando pelo núcleo mais quente da chama enquanto a graxa da vela se vaporizava e queimava e engrossava em fumaça. Quando as cortinas se contorceram num incêndio amarelo horizontal turvo, foi um crescendo glorioso, e ele não pôde deixar de observar o fogo pouco antes de apagá-lo, nervoso, com o colarinho e as costas de sua própria jaqueta. Desde então, a janela ficou desnuda.

Essa manhã, o sr. O'Hanlon teve que acalmar as sensibilidades de mais um professor de Turing. Balançando os papéis transgressores diante do rosto do *housemaster*, o sr. Ross, professor conselheiro de classe, exibe o sinal inequívoco da indisciplina de Turing. "Álgebra durante a aula de religião. Ele pratica álgebra durante a aula de religião!" Ninguém do corpo docente sabe exatamente o que fazer com esse rapaz peculiar, como reformar seus hábitos asquerosos, mudar a escala do tom agudo de sua voz, alinhá-lo com os códigos e as expectativas da escola. A frustração atenuada por uma medida de ternura, alguns professores tentam protegê-lo dos golpes e das críticas dos demais. É o humor reticente e o sorriso incontido que lhe valem essa bondade ocasional, bem como os fatos periodicamente intrigantes que emergem da litania de dados científicos que ele consegue desenvolver. Mas hoje, um tanto exausto e sentindo-se moralmente sem escapatória, seu professor conselheiro de classe implorou: "Não posso perdoar a estupidez da atitude dele para com a discussão equilibrada do Novo Testamento".[2] O *housemaster* não pôde discordar totalmente. E assim a decisão de manter Turing na linha foi tomada.

O'Hanlon, aborrecido com sua própria pontada de afeição por esse desajustado incorrigível, do fim do corredor observa despercebido quatro rapazes, mas talvez sejam apenas três, desmontarem o conjunto de química para ele. Ouve os sinais: o baque abafado inicial, o triturar do vidro, e depois o silêncio tenso que se acumula em torno de um confronto. Ele ouve o esforço que fazem para agarrar Alan, e se queda impassível enquanto eles apertam seus braços e pernas que resistem e habilmente o conduzem até a sala de recreação.

"Talvez possam mostrar-lhe algo que não possamos", O'Hanlon pensa, e pára mais um momento para ouvir a mesa aterrissar nas tábuas de assoalho soltas, a ressonância abafada pelo isolamento do corpo de Turing, antes de deixar o corredor por onde entrou.

É verdade que Turing estava estudando álgebra durante a aula de religião, mas eles subestimam a força de sua fé. Ele estava pensando em Deus e, embora soe como um clichê, sobre a alma. Onde está Deus em 1 + 1 = 2?

Onde está Deus?

Se ele suspende o vidro sobre a chama, a mistura chiará até que uma substância química interaja com outra. O preparado chiará todas as vezes. Moléculas colidindo com energia aumentada, seu comportamento governado pelas leis da física. *Governado pelas leis da física.* O futuro, o presente e o passado de cada objeto material estão sujeitos às leis da física. A órbita de cada corpo celeste, a queda de cada gota de chuva. Seu próprio corpo, uma coleção de moléculas. Seu desejo, um caldeirão de hormônios cuja química acabou de ser cientificamente documentada. Seu cérebro, uma cápsula de matéria, sangue e osso.

Mas ele sente a experiência direta de sua própria alma, seu espírito. Não consegue aceitar como um agregado de carne, um conglomerado de matéria, que seu futuro, passado e presente já estejam determinados pelas leis da física. Não consegue extinguir a intuição de que ele faz escolhas, influencia o mundo com sua mente e seu espírito. Não consegue extinguir sua crença em Deus.

Mas isso o atormenta. Onde está o espírito em 1 + 1?

Ele concebe um paradigma que une sua crença no espírito ao seu materialismo firme. O paradigma é penoso e falho, e ele acaba encarando a fusão com constrangimento. A ligação não resistirá.

A centelha de seu materialismo versus a sedução de sua espiritualidade. Qual vencerá? Ambos têm o poder de seduzi-lo. Mesmo hoje ficou hipnotizado quando pepitas de verdade se projetaram da bagunça. Quando ouviu os outros chegando, o sinal de uma declaração de suas intenções hostis, bem no fundo reconhecendo sua punição pela conversa suja dessa noite, mesmo então, ele não resistiu a parar e admirar as faixas de azul, vermelho e amarelo à medida que a graxa da vela se vaporizava e engrossava em fumaça.

Chris havia lhe mostrado a reação entre soluções de iodatos e sulfetos. Segurando a mistura numa proveta clara perto do rosto, ele observou a reação de Alan quando a solução se tornou azul-escura, matizando os cabelos de Christopher e aprofundando o matiz de seus olhos. Para Alan parecia o inverso, como se os belos olhos de Chris tivessem colorido o azul da proveta. Quase em solidariedade aos íons no tubo, uma reação em cadeia química, o tom da pele de Turing mudou para rosa e depois para um vermelho irregular. Não exatamente a reação que Chris havia esperado, mas, se ele sabia o motivo do rubor de Alan, poupou seus sentimentos. Ele dissipou qualquer constrangimento chamando a atenção para o problema teórico do cálculo da taxa de recombinação dos íons. Alan agarrou essa linha de defesa e pôs-se a conceber sua própria teoria nas semanas seguintes.

Ele com freqüência tenta recriar o momento em que o espírito de Chris gotejou para fora dos portais de seus olhos e infundiu-se no quarto, uma concentração estonteante de sua alma aprisionada no líquido anil da proveta. Ele conhece a forma simples das substâncias químicas e as regras de sua combinação, mas não consegue se livrar da força da impressão que Chris exerce sobre ele. Não consegue limitar a experiência aos limites da matéria comum. Na privacidade de seu quarto, recria o experimento, aguardando por trinta segundos até que a súbita precipitação de cores rompa pelo líquido. Enquanto o processo realça a vitalidade de sua lembrança daquele momento, a cor nunca chega a atingir o matiz máximo que alcançou quando Chris suspendeu o tubo perto dos olhos. Onde está o espírito no caso das células humanas e das substâncias químicas e do vidro?

Aprisionado como está sob tábuas de madeira, ele reflete sobre essas questões, e o esforço para concentrar-se refreia sua histeria apenas ligeiramente. O dedo indicador esquerdo de Alan foi cortado por estilhaços de vidro na briga. Seus joelhos se dobraram à vista do filete fraco de seu próprio sangue. Os outros ficaram em vantagem na junção desse quase desmaio, e aí está ele, sob o chão, fazendo ouvir sua respiração e tocando com o polegar a ferida fina na pele ao longo do dedo. Onde está o espírito no caso de algumas gotas de sangue derramadas? Terá ele perdido parte da alma também?

Apesar da pulsação clangorosa em seus ouvidos, ele consegue captar a cadência inconfundível da voz de Chris, sufocada através das tábuas do assoalho, ao adentrar a sala de recreação. Mesmo em suas circunstâncias ridículas atuais, fica contente com o som e abre um amplo sorriso fuligem adentro. Ele se contorce com mais força, mas igualmente em vão, e resiste a um surto de ciúme patente. No refúgio natural de sua inocência permanente, o ciúme de Alan nunca degenera em desprezo. Esse sentimento só faz com que, pela primeira vez, lastime seu desleixo. Ele vê em Chris algo que nunca imaginou possível. Vê uma pessoa, que não é um impostor, atuando no mundo. Fica maravilhado e perplexo com o fato de que alguém capaz de reconhecer a previsibilidade dos movimentos das luas de Júpiter também consiga penetrar nas regras sociais da Sherborne School. Ele tem examinado o sorriso gracioso e o encanto inerente a Chris, o que lhe proporcionou um novo padrão a ser levado em consideração.

Os papéis asquerosos de Alan, manchados e ilegíveis, constituem um ato menor de desafio. Ele contempla imaginariamente jóias estonteantes de verdade, impecavelmente lapidadas pelas regras da lógica. Transcrever essas gemas em benefício de seus professores constitui uma tarefa inútil. Mas através de Chris ele vê outra possibilidade. Uma que ele nunca alcançará. Habilidade combinada com charme culto. Discernimento fundido com execução polida.

Ao se inclinarem sobre a mesa acima de Alan, dá-se um diálogo entre Chris e um dos demais rapazes. Alan quer abrir caminho a unha através da madeira e dos pregos e perguntar se Chris está disponível para uma partida de xadrez. Se pudesse, mesmo coberto de sujeira e de um pouquinho de sangue, Turing emergiria contente chão afora, sem explicar as circunstâncias peculiares de sua entrada ali, sem ressentimento, e imploraria a Chris por uma partida concentrada de xadrez.

Durante a última partida, Turing perdeu rapidamente com uma seqüência abissal de lances. Estava em busca de um algoritmo para assegurar o domínio no tabuleiro, em vez de seguir a estratégia do momento. Quando Chris executou um lance, decidindo movimentar a torre, Turing foi inundado por uma sensação de conforto — como que tranqüilizado porque Chris *escolheu*. Ele exercitou seu livre-arbítrio e eliminou o cavalo de Turing, e este pôde ver com os próprios olhos que Chris era livre. A origem dessa vontade em face de um realismo científico que Turing sabia ser verdadeiro só podia ser a alma, só podia ser uma manifestação de Deus. Onde está Deus em 1 + 1 = 2? Deus é o reconhecimento de nossa mente de que 1 + 1 = 2.

Mas, mesmo ao sentir o calor dessa revelação, algo não saía

de sua cabeça. Chris estava seguindo certas instruções. Ele avançou a torre quatro casas, respeitando as peças à esquerda e à direita, respeitando as regras do jogo. Ele seguia regras.

Sob o assoalho da Sherborne School para rapazes, Alan cogita numa possibilidade alternativa: ele não é livre. Os rapazes que o aprisionam ali não são livres. Chris não é livre. Embora rapidamente abandone o caminho da lógica para seguir sua convicção religiosa, a fé falha de Alan não consegue realmente confortá-lo. Cada segundo, cada batida do coração, cada respiração traz angústia. A brutalidade dessa hora venenosa precipitará uma depressão de sua mente e seu corpo tão grave que ele não tem certeza se conseguirá se recuperar plenamente. Durante algum tempo, seus experimentos com cianeto são substituídos por protótipos para uma tentativa de suicídio inventiva — dispositivos complexos envolvendo maçãs, adoráveis maçãs vermelhas e redondas, e um pedaço delicado de fio para conduzir eletricidade.

Ele vive para Chris. E suas crenças danificadas o conectam. Mas um germe de dúvida foi plantado, como uma semente de temor foi plantada entre seus torturadores. Como esse germe se espalhará depende de como ele vai cuidar desse jardim desordenado. Nesse ínterim, ele luta para proteger sua fé das pedras quebradiças da realidade, desvairado com o som da mesa ao ser arrastada de volta ao seu lugar, desvairado com a sensação da parte de baixo das tábuas de assoalho se elevando em reação à pressão de seu rosto, mãos e ombros deformados. Chris negociou sua libertação. Saltando loucamente de dentro do buraco escuro, Alan sente ânsia de vômito e arqueja e aperta os olhos ao mesmo tempo que se aclimata à luz e observa os calcanhares de seus colegas se afastando enquanto ele emerge do chão.

Em sua angústia e confusão, Alan retorna ao seu quarto, onde então coleta o que confia serem os dados mais decisivos para a qualidade atemporal da alma. É dominado por uma experiência de presságio aterrorizante, um pressentimento terrível da morte de Chris, quando tudo que vê é isto: sob a janela desnuda, uma proveta de vidro estilhaçada numa poça de azul.

Viena, 1931

Os três aposentos espaçosos do apartamento de Gödel estavam cheios de ar frio naquela manhã, mas quase vazios de mobília, embora o que ele possui seja refinado e reflita o gosto delicado de sua mãe, um pendor que ele não herdou. Sua mãe, Marianne, veio a Viena para cuidar do seu Kurtele, arrumar um lar para ele e fazê-lo comer direito. Sua dieta era chocante. Ele reclamava de cada bocado, como se ela o estivesse obrigando a comer areia. Mas ele sempre fora um menino delicado, com um adorável rosto de lua, beleza de coruja, anéis azuis tristes ao redor dos olhos. Não era deste mundo, seu filho mais novo. Sua esperteza intimidava até a mãe, quando era tão novo que deveria estar ralando os joelhos brincando de caçada com o irmão, mas em vez disso se enfurnava nos quartos da casa onde o desgaste da luz era pior. E, embora ela o adorasse até a loucura, muitas vezes não sabia como mobilizá-lo. De modo que ela o acariciava e alimentava e mimava com todos os seus recursos.

Quando criança, Kurt se apegava ansiosamente à mãe ou se afastava naturalmente. Dedicava-se às brincadeiras de criança com uma concentração intensa, empilhando tijolos em miniatura e dispondo trenzinhos. Ocasionalmente compartilhava do interesse do irmão mais velho por jogos de tabuleiro, com lances desconcertantes que se mostravam engenhosos. Se algo então se afigurava estranho, era apenas o silêncio peculiar dos dois meninos jogando. Seu irmão se irritava com o fato de Kurt brincar sozinho com o mesmo contentamento e o mesmo silêncio. Mergulhava profundamente em fantasias solitárias, sua família real entrando e saindo de sua realidade inventada tão facilmente quanto os amigos imaginários.

Marianne estruturou os aposentos do apartamento vienense do filho com móveis apresentáveis, solucionando certos problemas da disposição do prédio. Como de hábito, ele fingia se ocupar com coisas corriqueiras, um jornal ou um livro, um café intocado colocado como um objeto de palco, distante demais de sua mão para ser verossímil. Marianne sabia que o filho estava fingindo em consideração a ela e, muitas vezes, observava-o sentado numa cadeira de madeira, que por ela seria jogada fora, estático qual manequim. Ele precisaria dela para sempre, seu precioso Kurtele. Embora a data de sua volta para casa em Brno chegasse antes que ela conseguisse completar a decoração, conseguiu estabelecer alguns pontos-chave que definiram os aposentos.

Na noite passada, na ausência da mãe dele, Adele aqueceu-lhe os dedos em suas mãos impossivelmente quentes, massageando os nós para expulsar a dor congelada. Envolvendo-o num cobertor áspero, ela o deixou momentaneamente para descer os muitos degraus até o porão de pedra, uma via de uma rede de passagens subterrâneas ligando vários prédios no quarteirão. Ela se inclinou para o nicho sombrio identificado pelo número do apartamento na parede logo acima da abertura. Não simulou nenhuma delicadeza ao enfiar uma das mãos na fuligem e apanhar pedaços de carvão com a outra, atirando os blocos negros dentro do saco asqueroso até ficar satisfeita com o peso da coleta. Bateu com as mãos uma na outra para soltar o grosso da poeira do carvão entre os dedos e depois os esfregou rudemente no exterior grosseiro do saco antes de dar umas batidas superficiais na frente do vestido. Carregando o peso do carvão em um braço, dirigiu-se para fora do vazio escuro do porão.

Adele Thusnelda Porkert. Esse é o nome que seus pais lhe deram, nome que ela continua usando no palco. Sonhava em dançar no balé, e dançarina se tornou, além da infância e adolescência e adentrando os anos da vida adulta. Suas apresentações tinham força e energia, mas um peso também, uma falta de jeito que lembrava seu nome. Ela observava a elegância das moças com os dedos dos pés esculpidos em pontas, seus ossos moldados bonitinhos na forma de uma sapatilha de cetim rosa. As moças pendiam no ar, pescoços longos e arqueados, até que o palco voltasse a carregá-las suavemente. Eram livres e esvoaçantes e tão, tão bonitas. Ela ensaiava seus saltos em desespero, batendo com um pé zangado no chão, e com grande força, apenas para obter um afastamento fugaz do chão, a perna à frente aterrissando séculos antes que conseguisse a elevação da outra atrás. No final, ela era incapaz de flutuar livre do peso da terra ou de sua turma. Seus próprios dedos dos pés eram entortados e nodulosos pela costura cruel dentro da fachada enganosamente delicada das sapatilhas de cetim rosa. Eram horrendos e artríticos, e suas pernas pareciam atarracadas e sexuais quando ela as estendia até seus limites. Nunca dançou em um balé. Mas dançarina se tornou — de um cabaré vienense, Der Nachtfalter.

Dançarinas de balé têm reputação pouco melhor do que as prostitutas, e Adele ressente-se profundamente disso em nome delas. Muitas vezes já se brincou que qualquer homem poderia desfrutar a companhia de uma bailarina por algumas centenas de coroas. Mentirosos. O cabaré, porém, é mais difícil de defender, já que essas moças não são exatamente castas ou recatadas. Quando se casam, é mais provável que dêem ao marido uma doença venérea do que um filho. Talvez ela tampouco seja tão pura, se forçada a confessar. Afinal, o que tem a tratar ali com Kurt? Mas é difícil não gostar de algo em que você se esmera, e ela se esmera em cuidar dele. Como uma penitência, desde que o conheceu, ela luta contra a sensualidade de seu próprio espetáculo, tornando-o vibrante só para ele. Os aplausos da multidão substituídos pelo silêncio dele.

Foi assim que Adele conheceu o jovem sr. Gödel: ele morava na mesma rua que ela e seu marido. Ela passava por ele quase todos os dias e, embora quase trocassem olhares (um deles desviava o olhar antes que o outro o relanceasse), não pensava muito nele. Quando, numa segunda-feira normalmente corriqueira, ela deixou cair um maço de contas na *Strasse*, Kurt estava lá para apanhar o leque de envelopes e convidá-la para um café. Adele normalmente não teria aceitado. Ela é muito defensiva nesse ponto sempre que conta a história do encontro. Sempre se ofende com a ousadia dos homens que a abordam no cabaré. Mas o convite de Kurt foi algo totalmente diferente. Ele foi modesto e gentil. Seu sorriso, generoso e contagioso, e havia nele uma decidida elegância. Suas roupas eram bonitas e ele sabia usar um chapéu, marcas de um verdadeiro cavalheiro. Foi tão educado, até humilde, que uma recusa teria soado rude. Mais do que isso, ela teve medo de que recusar parecesse falta de classe, assim como se recusar a deixar uma porta aberta. Enquanto continuava carregando a correspondência dela ao destino, ele pareceu atento, potencialmente até adorável. Imediatamente fez com que ela se sentisse — ela reluta em acrescentar essa observação quando narra o episódio — mais refinada.

Em meio a xícaras e pires, o bolo se esfarelando e o alarido do café, ele foi caloroso e engraçado, interrompendo-a vez ou outra exatamente com a ênfase correta, enquanto ela preenchia a hora do primeiro encontro com sua tagarelice copiosa.

Quando ela começou esse relacionamento, pretendia que continuasse assim. Na noite passada, perfurou todas as bolhas de silêncio que pairavam por lá com a ponta afiada da primeira coisa que lhe vinha à cabeça. Ao ataque rapidamente se seguiu uma saraivada de reiterações, redundâncias e reforços. Ela fofocou sobre as outras garotas no Der Nachtfalter, saboreando em particular a história da garota nova com uma gravidez embaraçosa. Enquanto falava, construiu um monte bem formado de pedaços de carvão, encimados por punhados generosos de papel amarelado e amassado, no forno principal, e pôs fogo na estrutura.

"Adele, por favor", ele choramingou de sua cadeira na cozinha, "o que você está fazendo?"

"Deixando você confortável."

"Gás tóxico me deixa bem desconfortável. Um peito cheio de fumaça pode causar inflamação dos pulmões, resultando em sufocamento. O teor de metal produz pústulas e danifica os tecidos cardíacos."

"Psss. Não seja tolo. Esse carvão é bastante puro. A chaminé está limpa. Eu mesma verifiquei." A teimosia dela não era incomum. Nem a dele.

Ela sabia que ele detestava mexer no carvão. Ele preferia morrer congelado a acender os fornos embutidos que aqueciam o apartamento. Se não fosse por Adele, não só congelaria como morreria de fome. Ela o encontraria ali, um esqueleto de gelo rígido envolto em lã. Levaria horas até que o gelo derretesse e o local tivesse uma chance de esquentar, mas, antes de partir para sua própria casa e o desapontamento que era seu marido, ela separaria os pedaços de carvão, testaria a chaminé e removeria qualquer fuligem que se acumulasse nos cantos. À meia-noite ele deveria estar completamente aquecido. Uma vez que ela não poderia estar ali para aliviar o seu despertar e preparar o café-da-manhã, ao menos podia protegê-lo da mordida profunda do frio desalmado da manhã.

Enquanto ela empilhava — com as mãos nuas — agregados venenosos de arsênico, chumbo e mercúrio, ocorreu a ele a idéia de que ela pudesse realmente matá-lo. Talvez sem querer. Talvez deliberadamente. A cerração azul do combustível queimado poderia ter sufocado a vida no apartamento e se infiltrado na sopa, assando a maçã enquanto saturava a polpa da fruta com minerais tóxicos. Os vapores poderiam amolecer e, depois, entortar os ossos, deixando-no inválido, amarelando-lhe os dentes, cegando-lhe os olhos. Ele tentou não respirar fundo demais e concentrou-se em exalações curtas e rápidas. Não teria sobrevivido à noite ali sozinho, asfixiado pela poluição que se elevava, negra como a morte, de sua fornalha de tijolos. De manhã ele poderia ter desenvolvido um câncer de feridas ou ter sido derrubado por um coração inválido. Remoeu silenciosamente essas possibilidades, entregando-se a uma aflição que sabia ser ainda apenas hipotética. Ela o havia aquecido, secado e ouvido. Até cantou para ele. Sua gratidão estava cheia de afeto antes que ela insistisse no carvão, abafando seus protestos com "psius" e "shsss".

As mãos dela estavam imundas — cobertas de poeira preta. Os metais venenosos poderiam penetrar a pele que vedava seu sangue e suas tripas, protegendo-a da contaminação. O arsênico sozinho poderia borbulhar em feridas abertas que se espalham como a peste. Ela estava se matando também.

Quando o fogo ganhou força e ela teve certeza de que o carvão arderia prolongadamente, fechou bem a fornalha atrás da pequena porta de metal, cuidou da segunda fornalha no aposento distante com a mesma competência, esfregou as mãos até limpar, e pôs-se a preparar o jantar de Kurt. Ele a observou atentamente lavar as mãos, esfregando bem para remover partículas da pele membranosa entre os dedos. Precisava se assegurar de que nenhuma mancha de carvão estivesse temperando a sopa de batatas e cevada.

Depois que ela apanhou uma maçã da bolsa e colocou-a sobre a mesa, depois que as batatas foram lavadas e cortadas, e depois que a cevada foi posta de molho, Adele apanhou a bolsa e ajeitou os cabelos com os dedos. Anunciou sua partida com um afago maternal nos cabelos de Kurt. Palma totalmente aberta, acompanhou a forma de sua cabeça para segurar-lhe o pescoço, enquanto o beijava decisivamente nos lábios frios.

Depois que a porta se fechou atrás dela, Gödel jogou a maçã envenenada no lixo, apagou as fornalhas com a sopa, nariz comprimido na prega de seu braço arqueado, olhos apertados ante o chiado que emanava do esfriamento rápido do carvão quente, até chegar à janela e enfiar a cabeça, esfalfado, para fora da moldura, arfando por sua vida no frio estonteante do ar fresco. Ao acordar de manhã, fazia um frio de rachar. E ele estava vivo.

Adele tem uma mancha cor de vinho do Porto escuro impregnando a pele da bochecha esquerda. O tom de sua marca de nascença prognostica estados de humor, corando profundamente em momentos carnais que ela gostaria que passassem logo e positivamente escaldando quando a raiva irrompe de dentro para fora.

Ela costuma se contemplar no espelho, procurando o ângulo exato para ocultar a marca de seu reflexo. O pai, fotógrafo, ensinou-lhe a posar para câmeras, e juntos ela e ele apaixonavam-se pela beleza do lado perfeito, bonito de seu rosto, registrado em preto-e-branco na foto definitiva, como se estivessem admirando outra criança totalmente diferente. Se nenhuma fotografia conseguisse captar a cor púrpura daquela sombra, talvez sua vida pudesse ser lembrada sem ela — uma mancha como uma contusão herdada de uma mãe que ela percebeu poder ser minimamente vulgar. Ela repetia o estranho ritual com o marido, também fotógrafo, posando em quase perfil, ocultando olho, bochecha e lábio do lado esquerdo, e juntos se apaixonavam pela beleza do lado perfeito, bonito de seu rosto, como se estivessem admirando outra mulher totalmente diferente.

Algumas semanas atrás, quando Adele se vestia para ir trabalhar, sua mãe visitou seu apartamento apertado para enchê-lo ainda mais com um gás irritante de palavras, conselhos e críticas. Adele alinhou a bochecha direita com o plano do espelho para contemplar a mulher que não era. Sua mãe enfiou-se entre Adele e o espelho a fim de examinar o reflexo também. Ali se quedaram, ligeiramente perplexas. Adele prendeu os cabelos para cima enquanto a mãe deixava uma névoa fraca de cuspe no vidro com sua tagarelice. Ao enrolar e puxar e arrancar os cachos soltos diante dos olhos, atrás das orelhas e na nuca, Adele observava a mãe fazendo o mesmo. Enrolando, puxando e arrancando, arrumaram seus cabelos em uníssono. Mesmo quando Adele diminuiu o ritmo para romper o sincronismo, sua mãe fez o mesmo, como se a mudança de velocidade fizesse parte da coreografia.

Olhando para a mãe, a papada grossa e flácida e as rugas profundas circundando os lábios, Adele percebeu que estava olhando para seu verdadeiro reflexo. A passagem vagarosa do tempo revelava sua maleabilidade e permitia que ela transpusesse as décadas. Ela viu seu destino claramente e, com um sopro cansado, aceitou-o. Encarando sua imagem no espelho, com mancha e tudo, pensou: "Sou uma velha piranha sem muito tempo pela frente". Soube então, e sabe agora, que não levará muito tempo até embalar suas coisas e deixar o marido. Será o dia em que se tornará sua mãe, e a mãe de Gödel também. É um papel em que ela vai se esmerar. Protegerá Kurt melhor do que sua mãe real, Marianne.

Evidentemente Marianne a detesta. Uma dançarina, que absurdo: aos olhos da classe média, assemelha-se a uma prostituta, e aos olhos de uma mãe, é igualmente ruim. Sem falar na idade. Ou no marido. A mãe de Gödel costumava imaginar que a marca de nascença púrpura *era* vinho do Porto, ou algo mais barato, uma birita viscosa descendo bochecha abaixo. Marianne gostaria de ter sido quem a atirou em seu rosto.

Ainda por cima, Adele fala pelos cotovelos. Não consegue parar de falar. Não atura um momento vazio: como, se poderia estar cheio de vida? Ela é vigilante em seu ataque ao silêncio. Procura desanuviar a mente liberando cada pensamento que surge. Melhor ter todos os seus pensamentos fora da cabeça, não dentro. Qual a vantagem de uma cabeça repleta de pensamentos? Olhe o Kurt. Lá dentro eles podem irritar, infeccionar como um dente cariado ou uma lasca suja.

Kurt observou que ela tende a resvalar em julgamentos morais ao tocar em pontos-chave das fofocas que conta sobre as garotas no cabaré — narrativas que, ele suspeita, ela floreia para alimentar sua condenação e confirmar as próprias convicções. Mas ela enche o ar com palavras e temas inofensivos, como faria uma rádio, criando assim para ele uma paisagem de fundo de ruído branco. Adele nunca exige dele qualquer conversa real. Ela parece entender que está ali para marcar o compasso e abafar o alarme de barulhos mais individualizados. O tinir da queda de um alfinete que pode irritar-lhe os nervos, o ranger do cascalho sob o peso de um homem na rua, uma conversa tola de um casal passando sob a sua janela na Langegasse, o crescendo do diálogo conspiratório ao se aproximarem. O chapinhar de ruídos deixa-o tenso e amedrontado. A movimentação volúvel de Adele pelo apartamento alivia o clamor da cidade, como um cobertor fosco nivelando os turbilhões térmicos.

Para Kurt, Adele é como um torrão de terra que ganhou vida. Nada de truques ou floreios, nada de flertes com as regras, nem de violações dos princípios da lógica. À sua maneira simples e inculta, ela é tranqüilizadora e clara, transparente e real. Sua bela maçã ferida, sua doce e pequena Adele. Ela é um pedaço de carne, real como a lama. Adele é *real*. Sua única extravagância são episódios paranormais ocasionais, uma informação casualmente extraída ou uma percepção sutil além dos sentidos comuns — uma pitada de percepção extra-sensorial. Foi a esse filamento de talento que Kurt recorreu na noite passada em seu pânico colossal.

E, embora a noite tenha terminado com a destruição do fogo que ela acendera e do jantar que cozinhara, começou suficientemente bem, porque Adele estava lá para ele, como sempre estaria, com um cobertor quentinho, uma voz estridente mas reconfortante, e um tom maternal.

A armação de ferro da cama de Kurt era um condutor brutal da friagem, chamuscando sua mão tão fortemente quando ele se levantou naquela manhã que poderia perfeitamente ter deixado uma queimadura, e a nuvem de condensação que escapou de sua boca úmida poderia ter sido fumaça. Durante a maior parte do dia, ele se preparou para sua discussão com o Círculo e fez questão de apresentar-se bem. Sobrepôs camadas de roupas como um curativo sobre uma ferida, envolvendo cuidadosamente os membros em tecidos de lã encorpados. A terceira calça foi abotoada facilmente sobre as duas camadas internas com a quantidade exata de resistência. Certificou-se de que as duas calças mais próximas do corpo fossem um pouco mais curtas e permanecessem bem escondidas por baixo da bainha da calça de fora. Um procedimento semelhante foi seguido na metade superior: uma série de camisas e coletes criou um acolchoamento com cinco peças de espessura. Mesmo assim ele continuava esguio, embora menos exageradamente.

Apesar de seu desligamento, a sofisticação de sua família não se perdera totalmente e assomava nas escolhas sutis que ele fazia:

se não nos poucos objetos kitsch que colocou em seu grande apartamento, chocando-se com a decoração providenciada pela mãe, ao menos aparecia na indumentária que ele agora usava para se deleitar, uma referência aos tecidos caros produzidos nas fábricas do pai. Ele vestiu um paletó de corte elegante, que ainda pendia frouxamente da linha que ligava os ombros, e por fim um bonito sobretudo foi drapejado sobre as roupas.

Gödel adora essas noites de quinta-feira. O resto da semana é passado num isolamento quase completo, às vezes perdendo a noção dos dias. Confortado pelas horas mais escuras quando sua solidão é assegurada, ele manipula símbolos lógicos numa seqüência impecável, gerando teorema após teorema em seus cadernos de anotações. Enche os cadernos de papel comum com demonstrações matemáticas que levam a idéias novas, que geram resultados novos. Nem sempre consegue encontrar um contexto para a proliferação de conclusões lógicas além das próprias páginas, que são cobertas de um lado da esquerda para a direita até que o caderno termine, e ele volta a percorrer o volume cobrindo as costas das páginas da direita para a esquerda. Nesses cadernos marrons comuns ele constrói um cosmo lógico próprio em que as idéias particulares são aninhadas, suas jóias secretas. Seus insights mais preciosos ele transcreve em Gabelsberger, uma forma obsoleta de taquigrafia alemã que ensinaram na escola e da qual ele tem certeza de que ninguém mais se lembra.

Embora com freqüência ele perca as segundas-feiras facilmente e tente encontrar raízes na terça-feira, e embora a quarta-feira seja uma mera ligação entre noites, ele sempre reconhece a quinta-feira. Gosta de chegar cedo e escolher o mesmo lugar a cada vez, uma cadeira de madeira escura junto à parede, quase escondida atrás da entrada florida de um compartimento estofado, não muito perto do centro, nem afastado demais onde possa ficar lotado, as pessoas se comprimindo para se aquecerem ao calor da discussão que emana do núcleo. Confortavelmente quieto, com um café morno intacto que não pretende beber, ele ouve os debates, as idéias e os risos como um homem perdido numa ilha sintoniza uma transmissão de rádio distante. Prova de que existem outros lá fora. Prova de que ele não está sozinho. Prova.

Ele costuma discordar deles. Mesmo assim, o Círculo oferece-lhe uma forma clara de identificação, um cenário externo para seu cosmo privado — rochas sólidas de realidade aparecendo numa bruma de fantasmas.

Esta noite ele chega mais tarde do que de hábito. Os acontecimentos recentes o desestabilizaram. Leva consigo o caderno mais recente, apertado contra o paletó. Os nós de seus dedos ressaltam da lombada do caderno como treliça de arame farpado. As páginas estão quase cheias, frente e verso cobertos; precisam ser lidas como um circuito, da frente da primeira página ao verso da última, depois até a primeira página novamente — um percurso fechado, um triângulo rompido, e na ponta aguçada uma descoberta. Uma descoberta incrível. Ele está tão impressionado com o fluxo de símbolos que se acumulam particularmente na ponta final, onde começaram, que se sente zonzo, e seu sangue se acumula em poças em torno de seus joelhos ossudos.

Ele está defronte das portas de vidro do Café Josephinum. Através do filtro das vidraças das janelas a atividade torna-se uma mancha irreal de luzes e cores. Ao abrir a porta, sente o aroma, e adentra o salão. Pelo filtro de seus olhos a atividade persiste, uma mancha irreal de luzes e cores. Quem ali é real?

Abrindo caminho por uma brisa de fantasmas, dirige-se à mesa, comprimindo-se numa cadeira. É surpreendente que pareça sereno. Sua condição física é frágil. Sua condição emocional é frágil. A primeira ele oculta sob tecidos espessos e atrás de uma fachada bem-cuidada. A segunda ele oculta atrás do padrão de luzes refletidas por seus óculos. Nesse palco proporcionado pelo Café Josephinum parece à vontade, como se fosse bem-vindo. Mas os últimos dias foram irregulares, na melhor das hipóteses. Em primeiro lugar, Adele quase o envenenou. Ele acordou num frio de rachar esta manhã, como que irrompendo na superfície de um lago congelado, e respirou penosamente — o ar ferindo-lhe o nariz e a garganta com pontas de gelo, enquanto sua mente absorvia a progressão dos últimos dias. Um alívio terrível inundou seu sistema, e os próprios pensamentos liberados confirmaram que ele estava realmente vivo. "*Penso, logo existo*", pensou. Tanto o pensamento quanto a condição de estar vivo o divertiram. Embora várias vezes recapitule os eventos em sua mente, eles mudam de ordem a cada repetição: uma mulher velha, a morte dele, depois Adele, que é gentil até polvilhar algo em seu ensopado. Depois de novo: uma mulher velha, a morte dele, a chuva, Adele manipula sua confissão e abertamente ergue uma pira tóxica. Uma mulher velha. Sua morte. A chuva. Adele. A bela e difamada Adele. Ele sofre com a suspeita e o muco espesso da traição.

Ele também sofre com a doença. Está fatigado. Seu peito está inflamado. Ele não consegue respirar. Nessa mesma noite, tossiu sangue. Quando tinha oito anos, seu coração tornou-se rígido e ficou com uma cicatriz após um surto de febre reumática. Uma válvula em sua aurícula fundiu-se e contraiu-se no decorrer dos anos. A doença precisou de quase uma década para declarar a ameaça específica pretendida. Ele é assolado por ataques. Uma contracorrente de seu sangue estende as câmaras, destruindo suas artérias. Ele vive temendo por sua vida. Cada minuto emoldurado pelo pânico. A taquicardia no seu peito, um alerta de um coágulo de sangue potencial, sufocamento ou insuficiência cardíaca. Ele não deveria estar aqui no ar enfumaçado, quente e virulento. Mas o alívio que encheu seus membros esta manhã deu-lhe uma sensação de premência e ambição. E ele precisa ver Moritz.

O Círculo só ganha forma depois da chegada de Moritz Schlick. Ele entra como uma ventania, sua entrada embelezada por remoinhos que o acompanham porta e aposento adentro. Ele é o catedrático de Filosofia das Ciências Indutivas na universidade, um título de grande prestígio e autoridade. Moritz é sempre um cavalheiro, sempre polido e sincero e admirável. Ao sentar-se numa cadeira, mãos acenam, mais cafés são solicitados, e no salão, mais escuro do que o dia declinante, todos começam a se acomodar em meio ao tinir de pratos, às batidas de cotovelos, ao peso coletivo alavancado para dentro. A mesa balança e xícaras sobem e descem e um círculo se forma.

É o círculo de Moritz Schlick. Atraído por seu convite e unido por seus tons reconfortantes. Eles vêm aqui para orbitar em torno da verdade, para jogar fora séculos de fé equivocada, os grilhões da religião, o hipnotismo da metafísica. Celebram seu próprio peso numa cadeira sólida, o calor emanado pelo café, o som que suas vozes fabricam dentro das paredes do café. Alguns estão delirantes com a proximidade desse dia porque é tudo o que importa. Não existe mais nada. Tudo de verdadeiro está sintetizado na cadeira, na xícara, no edifício. Existe apenas pressão, calor e força. *O mundo é tudo que é o caso.*

Moritz conhece a grandeza que pode emergir dos membros que escolheu, portanto apara as arestas cáusticas entre os egos, fazendo deles uma orquestra coletiva e eclética criada a partir da dissonância. Moritz é a argamassa que mantém unidos os comunistas, os matemáticos, os empiristas. Selecionou cada pessoa ali com cuidado, examinando-as pacientemente em sua mente, estudando-as com seus olhos afáveis. Eles são confortados por sua autoconfiança e sentem-se sinceramente honrados pelo convite para as discussões das quintas-feiras, caso tenham a sorte de receber a convocação. Para muitos, o convite esperado nunca chega.

Gödel corou de vaidade ou timidez — quem sabe ao certo?

— quando Moritz o abordou na sala do subsolo do instituto de matemática e fez o convite, quase quatro anos atrás. Kurt estava no quadro-negro organizando os pensamentos de outro estudante em símbolos simples, marcas poeirentas graciosas numa paisagem de predecessores mal apagados. Ele sempre transcreve o esqueleto na notação pura da lógica simbólica primeiro, e com muito cuidado, antes de começar a falar. Embora fosse apenas um estudante de vinte e um anos, os outros observavam com admiração sua capacidade de enxergar até a ossatura lógica em seus debates, como um chefe de cozinha habilmente remove a espinha de um peixe sem deixar nela nenhum vestígio de carne. Moritz observou-o também e, ante a lucidez de Gödel ao resolver um problema que ele próprio achara dificílimo, chegou à decisão final de estender a Kurt um convite para seu Círculo nas noites de quinta-feira.

Moritz juntou-se a ele no quadro-negro, silenciosamente acrescentando um comentário sutil sobre a lista infinita de inteiros que se ramificava da espinha central do peixe. E dessa maneira tranqüila envolveu Gödel numa conversa. Todos sabem por instinto, ou aprendem pela experiência pura e simples, que devem abordar Gödel com matemática primeiro. De modo que Moritz aproximou-se com as palavras certas sobre o infinito e os inteiros, e conseguiu aquele olhar de gratidão e confiança. Enquanto dava a mão a Kurt e abanava a cabeça em sinal de grata surpresa, eles conversaram.

"Herr Professor, tenho pensado no Paradoxo do Mentiroso, em que o mentiroso diz: *Esta sentença é falsa*."

"Ah! A antinomia do mentiroso. Sim, aquele mentiroso que diz: *Esta sentença é falsa*."

"A sentença não pode ser falsa."

"Porque, se for falsa conforme alegado, então deve ser verdadeira. Uma contradição." Examinando seu jovem aluno por algum tempo, Moritz enxugou o lábio com a mão e concluiu seu movimento com a resposta: "Nem pode ser verdadeira. Porque, se for verdadeira, então é falsa, o que de novo é uma contradição. É um paradoxo e um produto de nosso uso descuidado da linguagem. A matemática jamais permitirá tal paradoxo. As proposições matemáticas serão ou verdadeiras, ou falsas, sem contradições".

"E se a matemática não estiver livre dessas proposições?"

"Tem que estar. A matemática *tem que* ser completa. Não existem problemas insolúveis."

Desde aquela manhã do convite e da conversa sobre a antinomia do mentiroso, Gödel tem achado a própria presença de Moritz tranqüilizadora. Se Kurt tivesse um temperamento diferente, fosse mais afetuoso, menos rígido, e se Moritz também fosse um pouquinho diferente, mais espontâneo, menos reservado, Gödel poderia ter passado a adorar Moritz como um pai. Em vez disso, sente algo mais formal, mais distante, mais apropriado provavelmente. Ele se sente grato. Mantém esse sentimento em segredo, e o sentimento quase não tem manifestação externa afora seu comparecimento às discussões de Moritz. Ele acredita que Moritz é real, que ele existe, e sua fé solidificou-se no momento em que Moritz fez seu comentário sobre a lista infinita de números. Com aquele vislumbre, foi como se Moritz proferisse uma senha. *Sou uma das pessoas reais*, seu comentário assegurou, e assim a nuvem se cristalizou, ganhou forma.

Esta não é uma quinta-feira qualquer. É uma quinta-feira em particular. Uma noite em que Kurt está impaciente por vê-lo, em que as portas de vidro do café se escancaram e Moritz entra acompanhado de uma lufada de vento. Ele toma seu assento no início e fim do Círculo. A reunião começa como sempre. Moritz pede silêncio enquanto toca nas pontas articuladas de seu lábio superior com o indicador, olhando profundamente para o café cor de noz à sua frente. Está sorrindo para si mesmo.

Os demais aguardam que Moritz comece, e uma pequena esfera silenciosa emana da mesa e os circunda, separando-os do alarido do café. Os membros mais jovens do Círculo lutam no foco que o silêncio gera. Eles são ambiciosos. Estão nervosos. Estão prontos para discutir e se divertir. Embora Gödel tenha um temperamento diferente, sente-se acolhido pelo grupo, bem-vindo, o que o inunda de uma sensação próxima do alívio. Moritz torna tudo isso possível. Ele cria o silêncio, o foco, o cenário. Enquanto um novo recruta jovem balança o tornozelo da perna cruzada, Kurt olha para Herr Professor Moritz

Schlick, aguardando um sinal do momento certo de revelar sua descoberta.

Moritz, enquanto isso, não presta nenhuma atenção especial a Kurt. Como muitos dos demais, Moritz está deslumbrado pela experiência desse dia costumeiro único. Sente como o dia de hoje emergiu qual conta numa fieira de contas e como será sucedido pelo próximo na seqüência, outro dia singular, grandioso e costumeiro. Mesmo ao começar a falar sobre a plataforma prístina do silêncio dos amigos, ele rememora os nós soltos ao longo de sua trajetória e vê, como que folheando um álbum de fotos, as forças básicas que o levaram até esse momento, até essa mesa, até esse círculo. Ele vê como chegou de lá até ali.

A série de fotos que lampejam pela mente de Moritz começa arbitrariamente com os ulanos alemães em 1914. Ele os observou marchando para fora de Berlim e aclamou a cavalaria de capacetes de metal esculpidos, com uma ponta no alto, uma arma em si. Observou rapazes que ele conhecia ingressarem na infantaria e expressarem satisfação com seus capacetes de metal sem condecorações, cúpulas calvas estendendo-se sobre as orelhas. Encontravam satisfação em privações durante uma época de crise e aceitavam o uniforme abotoado desde o umbigo até o colarinho apertado ao redor da garganta — um dos botões, um nódulo contra o pomo-de-adão — enquanto engoliam rações de carne em conserva e pão pesado e bolorento. Marcharam para fora de Berlim segurando armas pesadas nas mãos equilibradas nas depressões dos ombros, e ele nunca mais voltou a vê-los.

Durante seus dois anos de serviço militar, ele calculou trajetórias balísticas dentro de uma trincheira de lama úmida. Ao observar um buraco abrir-se na carne de seu amigo, a órbita de sangue da jugular cortada de outro, a imobilidade da espinha quebrada de um estranho, certas noções metafísicas fugiram por suas próprias feridas, junto com a satisfação com o equipamento de seu uniforme. Ele notou a inutilidade de seus conhecimentos anteriores contra a mais cruel artilharia. Fé, Metafísica, Teologia — versos impotentes em face da atrocidade. Sortilégios vazios que não serviam para nada, nada criavam, nada construíam. Havia apenas balas, trajetórias e vento. Físicos, calculáveis, brutais.

Seu desapontamento com a perda de sua herança intelectual foi quase tão grave quanto a derrota de sua nação. Mesmo assim, sua antipatia permaneceu polida, embora a insatisfação se serenasse com a cicatrização das feridas.

Aí veio Ludwig Wittgenstein, e a reserva de Moritz explodiu sob a incisão feita por estas palavras: *O mundo é tudo que é o caso.*

Não surpreende que, em sua recapitulação da trajetória que o levou até ali, haja muitas imagens de Wittgenstein. O homem fascina qualquer um que dele se aproxime, e ele fascinou Moritz. Wittgenstein é um filósofo, um grande filósofo, rebento de uma das famílias mais extravagantemente ricas e cultas de Viena, na verdade de toda a Europa. Algumas pessoas dizem que ele é o maior filósofo do século XX. *Ele* certamente acha que é. Os membros do Círculo vivem obcecados com seu único livro, o *Tractatus logico-philosophicus*, uma série de proclamações lógicas, uma polêmica, cada frase emitida sem explicação ou defesa, de modo que soa como uma escrita poética, mas uma espécie de poesia estocástica. Frase por frase os membros do Círculo percorreram o *Tractatus*. A segunda vez levou quase um ano.

Apesar das implicações de um sistema de numeração que proporciona uma qualidade bíblica ao texto, o documento carece persistentemente de coesão. Mas, a uma leitura mais atenta, o livro os impressiona, um por um de início, depois grupinho por grupinho, até que suas idéias residam quase no epicentro do pensamento deles. Homem de personalidade rara e inebriante, Wittgenstein os governa de longe e com uma indiferença quase completa. Nunca vai ao Café Josephinum, talvez apenas aumentando a obsessão que nutrem por ele, o desejo intenso alimentado pelo amor não correspondido.

Moritz é o único que Wittgenstein concorda em ver pessoalmente. O primeiro encontro ocorreu na casa de Margarete, uma das oito irmãs de Wittgenstein, ainda que os suicídios acabassem reduzindo o número delas a cinco. Ali ele trabalhava obsessivamente na construção da casa da irmã na Kundmanngasse. Primeiro houve apenas a forma de Wittgenstein inclinado num canto do aposento, medindo uma conexão. Por um segundo, era apenas um homem. Mas depois se expandiu, se retorceu e arremeteu sem realmente se mover. Ele arremeteu com os olhos. Não lembrava ninguém que Moritz já tivesse visto. O nariz virtuoso, os olhos góticos, o frisson dos cabelos crespos — brilhante, penetrante e contagioso. Parecia em um estado perpétuo de eletrocução. O efeito geral era transformar, através de suas críticas, pessoas normalmente brilhantes — inclusive Moritz — em apóstolos fanáticos e indesejados. De todas as imagens de Wittgenstein na mente de Moritz, aquele momento em que se quedaram pela primeira vez face a face é o mais radiante.

Ao se deitar na noite do primeiro encontro deles, Moritz estava extático, como que ainda incandescente da intensidade branca e quente do fogo pleno do próprio salvador. Como que em um só movimento, Moritz ergueu-se da cama na manhã seguinte, entrou em suas roupas e, ao final do dia, desceu a rua rumo à reunião das noites de quinta-feira no Café Josephinum, enquanto uma frase queimava-lhe a boca, a primeira linha do *Tractatus*: *1. O mundo é tudo que é o caso.*

Na comoção do café, com o Círculo como testemunha, Moritz, animado por um sarcasmo e um desprezo aberrantes, libertou-se do jugo da metafísica alemã, destruindo conceitos como "Absoluto", "Espírito" e "Deus", e observou-os vaporizandose antes de atingir o chão. Fé, Misticismo — não é que essas idéias sejam *falsas*. Elas são *sem sentido*. Enunciados sem sentido concorrendo ao status de Verdade. Contaminadores patéticos poluindo a mente das pessoas. Uma dissecação mal se fazia necessária, uma vez arrancado o manto. Mas ele forneceu uma mesmo assim, golpeando as palavras influentes até transformá-las em polpa sem vida. Não havia retorno possível à ilusão e ao auto-engodo. De modo que lá estão eles, alguns anos depois, numa noite de quinta-feira, eletrizados e aterrorizados com sua vitória, com a brutalidade de Moritz. Bem ou mal, têm que marchar em frente.

As imagens tremulam diante dele, um filme agitado de poucos fotogramas, o último um esboço grosseiro desse exato momento em que Moritz abre a mesa à discussão dos fatos do mundo, de Wittgenstein, da Verdade.

Mas é por isso que Kurt precisa estar ali. Precisa falar com Moritz, que reúne todos eles, que cria esse lugar onde ele pode se sentir acolhido. Seu coração espasma. Sua mente espasma. O veneno cujo gosto ainda consegue sentir pica sua língua inchada. Os fantasmas. As visões. Eis o que ele precisa contar a Moritz: O mundo *não* é tudo que é o caso.

Às 17h02 de ontem, Kurt teve uma consulta com uma clarividente, uma cigana, uma médium — uma mulher velhíssima em uma cadeira vermelha velhíssima. Os autoproclamados ciganos chegaram a Viena flutuando como folhas de cores brilhantes. Instalaram-se em recessos e cantos, juntaram-se em grupos que se deslocam pela cidade. O simples número de videntes atraiu a atenção de um estudo legítimo organizado por professores da universidade. Os nômades romenos, sem nenhuma ascendência egípcia apesar das histórias de nobreza e impérios perdidos, apresentam alegações de quinquilharias mágicas e percepção extra-sensorial. A magia e o espiritualismo são os inimigos do pensamento racional e, portanto, declararam-se inimigos de Moritz. Mas uma perversão da honestidade persuadiu alguns acadêmicos a comparecerem a uma ou duas reuniões espiritualistas com a mente aberta à avaliação mais justa possível. O que os persuadiu foi este argumento simples: se um único homem fosse dotado do sentido do olfato e conseguisse detectar um jardim de alfazemas do outro lado de um muro de tijolos, todos os outros ficariam espantados com essa percepção extra-sensorial, embora nenhuma magia estivesse envolvida, apenas moléculas transportadas no ar até as células do nariz. Apenas física, química e anatomia básicas. Se houvesse algum processo físico em ação permitindo certas percepções mais apuradas, eles fariam o possível para avaliá-lo. Kurt aceitou um dos primeiros convites para examinar as alegações de um médium. Contrastando com os colegas que, ante o acúmulo de indícios, suspeitaram de fraude, Kurt convenceu-se por completo de que o espetáculo era real. Desde então, tornou-se um freguês ocasional dos diversos paranormais espalhados pela cidade.

Ele acha essas visitas ligeiramente desagradáveis, mais ou menos como uma visita ao médico. As notícias nem sempre são boas. O encontro da noite passada foi o primeiro com a autonomeada Rainha Cigana. Ela goza de boa reputação, além da vantagem de ser incrivelmente velha. Quase previsivelmente sua pele suscitou comparações, na espessura e na cor, com couro envelhecido, um drapeamento esplêndido de cânions e dobras e rugas, um emaranhado de linhas que poderiam ser decifradas, numa variante sarcástica, pelo quiromante. Desse tecido texturizado seus olhos semelhantes aos de pássaros perscrutavam, olhos que mantinham uma elevação magnífica como que entalhados a golpe de foice. As pálpebras redondas e pesadas devem ter outrora se enchido de juventude, mas estavam agora contraídas em direção ao globo ocular e encimadas de pele envelhecida e recortada. Ela parecia uma velha ave cozida, ele achou. Uma ave queimada, raros trechos de cabelos grisalhos secos em vez de penas isoladas. Pareceria morta, não fossem os movimentos graciosos de suas roupas quase bonitas — camadas confusas de tecidos, uma brisa de pura cor.

Como objeto de centro da pequena mesa, um copo d'água nada extraordinário, a não ser pelas proporções reduzidas que davam a aparência de uma proveta de químico superdimensionada. A água era o meio daquela médium. Ela gostava de contar a história de sua vida como que apresentando suas credenciais, e a contou a Kurt: no dia seguinte ao de seu nascimento, a mãe mergulhou-a sem remorso num buraco cavado na crosta de gelo que cobria uma pequena lagoa na Baviera. A mãe viu os olhos da criança focalizarem através das lentes de água e soube que era uma *chovihanis* — uma vidente, uma bruxa. A água gelada quis endurecer sobre a pele de sua recém-nascida, mas esta foi puxada para fora, seca e agasalhada sobre o peito da mãe. Caso sobrevivesse, era forte. Se morresse, era fraca, fraca demais, desnecessário dizer. Naquele teste ela passou, e em muitos outros. Quando criança, o demônio da água fez amor com ela, assumindo a forma de um tio feio e estuprando-a numa banheira límpida. Ele empurrou o rosto da criança para baixo d'água nessa agressão canhestra e, através da película transparente, ela viu as marcas negras na alma do demônio. Soube então que havia sido escolhida. Ela era uma vidente, uma bruxa — uma *chovihanis*. Quase um século depois, ela aperfeiçoou o uso do volume fino de água que era seu instrumento místico, óptico, a espessura do líquido comparada com a camada de água gelada que separou seus olhos cegos de recém-nascida do ar acima, em sua prova da água no segundo dia de sua longa vida. Tendo assim explicado o volume cuidadosamente medido, ela examinou as distorções de Kurt Gödel, seus óculos pretos embaçados, seu corpo um filamento fino refletido na água. Ela então o aterrorizou lendo-lhe a sorte na imagem ondulante.

Quando aquilo terminou, a Cigana esmigalhou o tubo de vidro. Da poça d'água uma cor vívida vazou na tapeçaria da Boêmia que cobria o chão desgastado por pés, suas tábuas como lascas de osso erodido. O tapete encheu-se de matizes como que suportando uma reação química colorida, até que o tecido manchado pareceu transbordar do vidro quebrado, uma poça de um matiz vibrante de azul. Ele não aguardou a confirmação de que aquilo era uma premonição mórbida, um infortúnio real.

Do aposento ele desceu para a chuva que chegava de todas as direções. Desafiando a inclinação normalmente uniforme, era um turbilhão de torrentes entrecruzadas que deformavam o cenário e dissolviam Gödel na solução granulosa. A Cigana observou calada, infinitamente surpresa pelos acontecimentos da tarde enquanto Gödel era varrido através da *Strasse* — uma insignificância, uma aparição, um fantasma.

Quando Adele chegou à sua porta, encontrou-o aguardando na chuva. Sua palidez a convenceu a adiar o próprio relato sobre o cabaré. Antes de apanhar o carvão, antes de acender as fornalhas e antes de fazer a sopa, Adele guiou-o para dentro. Ali escutou com os lábios entreabertos, revelando uma mancha cerácea de batom no dente superior bem na frente, enquanto massageava-lhe os nós dos dedos encharcados para expulsar a dor fria com suas mãos impossivelmente quentes.

Seus óculos salpicados d'água. Seixos líquidos refratavam todas as imagens que atingiam seus óculos, criando um caleidoscópio fundido. Desejoso de restaurar a ordem do mundo, ele agiu com cautela sob a atenção paciente de Adele. Tentou arrumar os cabelos com a mão livre para recriar sua habitual abóbada ampla e arrumada, mas os cachos empapados se juntavam em grossas faixas chatas e caíam pesados, criando uma grande risca descendo por um lado.

"Este mundo se estende além deste quarto, Adele. Existem as ruas de Viena e, mais além, a Europa e, mais além, um globo no espaço em órbita ao redor de uma estrela no universo. Mas como ter certeza disso? Não consigo ver o globo girando em seu eixo *neste exato momento* em que falo com você. Como posso ter certeza? Posso ter certeza porque é lógico; a matemática é sólida e respeitada pelas órbitas dos planetas. Posso verificar sua verdade não olhando para isso, mas *pensando* nisso.

"Tampouco consigo ver fantasmas, Adele. Não consigo *vê*-los. Mas a Cigana olhou pelas lentes de água dentro de mim e além de mim, e ela os viu, Adele. Não estou tendo uma alucinação. Como distinguir uma alucinação da realidade? Eu sei como. As invenções irreais não seguem os princípios da lógica.

"Assim é *este* mundo. Figuras de carne e figuras de ar. Como se misturam é confuso, e, francamente, Adele, francamente nem sempre é fácil distinguir o que é real do que não é. Mas além deste mundo existe outro." Ditas essas palavras, seus óculos estavam encharcados, e seus próprios olhos, repletos de seixos salgados que molhavam seus cílios. "Existe outro mundo de pura lógica. Não há partículas ou grãos ou sujeira ou veneno lá. Há triângulos perfeitos, pi, o número um, e é impossível confundir o real com o imaginado. Chego lá através da introspecção diligente. *Conheço* esse mundo, Adele. Conheço-o pela experiência direta. Posso ir lá a qualquer minuto de qualquer dia, pensando. Minha mente toca essa impecável realidade incapaz de enganar." Então ele chorou abertamente, fracamente. Uma criança triste. Sua espinha dorsal, começando na cadeira de madeira, formou uma curva fina e profunda, até seus cabelos caírem em direção ao solo e tocarem as mãos entrelaçadas de ambos, vagarosamente fazendo a água gotejar ao longo da junção das palmas.

Levantando a cabeça de Kurt até seu peito, ela o embalou. O ângulo das bochechas e a elevação da testa de Kurt contra o corpo dela lembraram-lhe que ele não passava de um rapaz. Ao afundar nela, ele disse: "Quando eu morrer, precisamos lembrar que minha alma sobreviverá. Mesmo que eu constate em minha reencarnação que continuo nesta confusão de verdades parciais e fantasmas, estarei ao menos mais perto daquela realidade perfeita. E, quando eu morrer de novo e de novo, teremos que lembrar que acabarei chegando lá, naquele lugar puro e impecável".

Para ajudá-lo a sentir-se melhor, Adele cantou uma canção de ninar meiga, ligeiramente desafinada e fora do ritmo, como uma bonita caixinha de música cuja corda está acabando.

Dorset, 1930

Lesões supuraram no pescoço e no peito de Chris. Tubérculos apodrecendo seus linfonodos, grandes nódulos engolidos por um pus queijoso e calcificado prestes a explodir. Quando a febre deu lugar a calafrios e a insônia deu lugar não ao sono mas ao delírio, foi conduzido às pressas, pelo responsável por seu alojamento, a um hospital em Londres. Uma cirurgia foi realizada para remover o tecido inflamado. Não seria sua primeira cirurgia, nem a última — esta ocorreria dentro de dois dias. Os médicos não conseguiram saber se foi a tuberculose original, uma infecção nova ou a remoção excessiva de tecido que o matou. Mas, quando a dor cessou junto com a respiração, no sexto dia da hospitalização, em vez de surpresa houve um pesar irreprimível e a admissão discreta de alívio.

Havia dois anos, desde que Alan recolhera o vidro quebrado da solução azul que manchara seu chão, sua ansiedade aumentara e amainara em correntes alternadas. Houve momentos de total desolação subitamente expulsos pela alegria. Mas no todo a melancolia crescia, e ele não pôde negar que, no meio da noite, possivelmente no momento exato do declínio de Chris, observou a lua se pondo sobre o dormitório do amigo através do prisma de sua janela. Perguntou-se, inquieto, se nunca mais voltaria a ver o belo rosto de Chris. O temor de Alan explodiu tão pavorosamente quanto a infecção de Chris ao chegar-lhe aos ouvidos a notícia de sua morte. Ficou petrificado de choque. Não conseguia mandar o rosto ou o corpo se moverem. Congelado, fitou tão profundamente através do auxiliar de *housemaster* que lhe levara a notícia que este sentiu a própria matéria de seu corpo invadida e lutou para sufocar o impulso de afastar Alan.

O funeral, para o qual ele não é convidado, ocorre no início da manhã de sábado, 15 de fevereiro de 1930. Ele se ajoelha no escuro, sob seu peitoril de janela despojado e danificado pelo fogo, e comprime a testa contra o tabique frio. Seus cílios tocam no vidro e o ar expirado pelo nariz embaça a janela. Alan tenta captar as estrelas que consegue ver fracamente na periferia de sua visão, mas elas desaparecem quando suas pupilas se precipitam em sua direção. Chris certa vez agarrou a mão de Alan e puxou-o para fora da biblioteca, arrastou-o para o meio do gramado escuro a fim de mostrar esse caráter evanescente dos objetos celestiais mais fracos.

No escuro que perde força antes da aurora, as estrelas brilham desafiadoramente por alguns minutos antes que o cobertor da luz do sol nascente chegue para expulsá-las. É como se tivessem ido embora. Mas Alan sabe que ainda estão ali, resplandecendo em vão ante a bola de fogo amarela brilhante no horizonte. Uma fúnebre procissão astronômica. Chris se foi, mas é como se ainda estivesse ali. Alan sente-o resplandecendo invisível contra o esplendor de um novo dia.

Viena, 1931

Gödel sente-se preso neste momento. Quinta-feira. Sua mão na porta. Vê o azul dos próprios olhos atenuado no vidro. Está do lado de fora olhando para um homem dentro que olha para fora. Capta o sabor do café pelo ar e depois os sons e depois as luzes. Acomoda-se numa cadeira, perto de um compartimento, na periferia do Círculo. Moritz cria um pináculo numa mesa normalmente redonda. Trata-se de um anel de corpos celestiais, girando em relação a estrelas distantes. Orbitam em torno de um epicentro de verdade identificável, o epicentro aparentemente acessível, bem ali diante de cada um, mas inalcançavelmente distante como uma estrela na superfície infinitamente distante do céu, como uma estrela que eles quase conseguem distinguir, mas que depois escapa.

Kurt usa seu sobretudo, de colarinho de pele não tão isolante como gostaria. O frio dói até a medula. Seu coração fraco é incapaz de sustentar uma circulação apropriada, de modo que ele está enregelado dos vasos sanguíneos para fora. O café aquece-lhe as mãos, mas ao primeiro gole seu estômago convulsionou-se com aquela dor habitual bem no fundo dos intestinos, ligeiramente à direita. O resto da infusão escura fica intocado na xícara, um complemento infeliz da quase overdose de laxantes que ele tem tomado para sobreviver. Ele é magérrimo apesar da produção abundante de alimentos por Adele. "O quê?, você não gosta das batatas?", ela pergunta. "O quê?, você não gosta do ensopado? O quê?, você não gosta da carne?" Ele é levado a comer por exasperação — para pôr um fim ao interrogatório de Adele sobre culinária e, é claro, para que ela se sinta bem. Mesmo assim, seu peso total, incluindo roupas e óculos, não chega a cinqüenta quilos. Ele mantém esse segredo sob o sobretudo.

Kurt esteve calado por vinte e quatro horas desde suas últimas palavras (um adeus inaudível) a Adele e até suas primeiras palavras (uma saudação polida) no Círculo esta noite. Sua voz é surpreendentemente clara apesar da falta de uso, quando ele interrompe as preliminares da discussão para se dirigir a Moritz. "Pensei melhor sobre o Paradoxo do Mentiroso, sobre o mentiroso que diz: *Esta afirmação é falsa*."

Moritz parece não ouvir e continua se acomodando e saudando seu amigo Otto Neurath. Otto é um homem grande com grandes idéias e uma voz grande para disseminá-las — um idealista robusto, encantador, caloroso, mas intimidante. Chegou a Viena após uma curta sentença de prisão em Berlim, uma sentença imposta para fazê-lo pensar melhor sobre sua agitação constante contra o Estado. Otto reage à saudação amistosa de Moritz, sem dúvida com sua crítica habitual a Wittgenstein, fazendo com que Moritz tape os próprios ouvidos, num falso aborrecimento, entretido com a persistência de Otto. Embora não tivesse a paciência para conter suas críticas, Otto ouviu as tentativas de Kurt de penetrar na conversa. Ainda sacudindo a cabeça, o que faz vibrar as pontas frágeis de seus cabelos, Otto lança para ninguém em particular: "O mentiroso diz: *Isto é uma mentira*. O cretense declara que todos os cretenses são mentirosos".

"Metade das mentiras que contam sobre mim é verdade", Olga acrescenta, rindo.[3] Ela segura o braço de Moritz para encontrar a mesa. Otto inclina-se para acender o charuto de Olga, depois acrescenta creme ao café dela. Olga se dirige a Kurt sem encará-lo, e Otto se agita por causa dela: "Quando eu era estudante, também me impressionava com esses emaranhados autoreferenciais. O Paradoxo do Mentiroso em primeiro lugar. Depois o barbeiro que corta o cabelo de qualquer um que não corte o próprio cabelo. Então quem corta o dele? O conjunto que contém todos os conjuntos que não contêm a si mesmos etc. Essas espécies de problemas insolúveis são divertidos, sem dúvida, mas inofensivos realmente".

"Inofensivos se reconhecermos que são totalmente sem sentido", Moritz acrescenta. "Ofensivos se alguém for tolo o suficiente para ser envolvido em seus laços."

Kurt assente amigavelmente com a cabeça, mas diz: "Não concordo".

"Ah, bom, um tolo", Otto dispara.

Moritz reclina-se na cadeira, seus cabelos recentemente cortados numa orla imaculada sobre as orelhas e ao longo da nuca. Ele examina Kurt pacientemente. "O Paradoxo do Mentiroso não corresponde a nenhum fato sobre o mundo. É sem sentido. Um mau uso da linguagem. A lógica pura não pode permitir nenhum desses truques. Não existem problemas insolúveis."

Os pensamentos de Kurt tocam em diversos temas ao mesmo tempo. Quando está pensando mais claramente, ele costuma ver as coisas em grupos grandes, não em passos seqüenciais. Consegue retroceder e reconstituir um argumento de lógica formal mais linear, provando um passo após o outro no caso de um seminário ou de um artigo que é lido da esquerda para a direita uma letra de cada vez entrecortado por uma lista numerada de equações. Mas não é assim que as idéias mais bonitas lhe vêm à mente.

Às vezes elas emergem completas sem justificação, como seu teorema, que não é nem um pouco linear. É auto-referencial, um circuito intricado. Uma serpente engolindo a própria cauda. Ele gostaria de apresentar seu resultado a Moritz como aparece para ele, gostaria de poder apenas abrir a boca e fazer com que saia a forma plenamente configurada. Ele tenta tranqüilizar Moritz: "Percebo que esta é a grande ambição", ele pára e recomeça. "Mas existem problemas matemáticos insolúveis. Fatos entre os números que jamais podem ser provados como verdadeiros ou falsos."

Olga em particular está curiosa. Ela conheceu Kurt através do irmão, um matemático que é professor da universidade. Ele orientou Gödel em seus estudos e atraiu-o ao rebanho. O irmão de Olga ficou fascinado com esse estudante quase silencioso e inteiramente esforçado, cujo potencial de brilho é evidente. Costumavam pedir a Olga que examinasse o trabalho de um estudante ou ouvisse um argumento em busca de falhas, de modo que lhe pediram que ouvisse Kurt. Ela imediatamente se interessou por ele, embora seus primeiros poucos encontros fossem estranhos: uma mulher cega e um homem calado. A comunicação era mínima, com certeza, mas o pouco que foi dito impressionou-a como brilhante e às vezes até espantoso. Em pouco tempo, Kurt estava falando mais espontaneamente com ela, e uma amizade se formou. Olga, melhor que qualquer um dos demais, sabe que Kurt tem o costume de falar com extrema precisão, ou calar-se. Ele é sempre literal em seu fraseado e sua interpretação. Portanto, sua afirmação atípica e enunciada com certa imprecisão chamalhe a atenção. Ela também aprendeu a dar importância a qualquer coisa que ele possa dizer, por mais estranha que seja a impressão inicial. Ela constatou que algumas de suas idéias mais profundas, mais intrigantes, criam uma imagem escultural complexa. Seu valor e significado exigem certo esforço para serem vistos. Com uma mão ela tateia procurando o cinzeiro de metal e com a outra bate a cinza nele, enquanto insiste em algum esclarecimento. "O Paradoxo do Mentiroso é uma conseqüência de palavras mal empregadas. Não é real."

Moritz interrompe, mão aberta sobre o coração como que jurando fidelidade: "Não pode haver tais confusões na lógica pura. O que pode ser dito será dito claramente. Como Wittgenstein nos implora, sobre o que não podemos falar devemos manter silêncio. *Tractatus* 7". Ele repete: "*Sobre o que não podemos falar devemos manter silêncio*".

Um dos novos recrutados, trajando — no estilo de Wittgenstein, que se espalhou entre os membros mais jovens como uma gripe — uma camisa branca, sem gravata, bate com o punho na mesa em sinal de concordância, ao passo que outros batem na madeira de suas cadeiras. Até Moritz está se derretendo ligeiramente com o inferno das idéias de Wittgenstein, embora mantenha sua própria identidade externa, e um traje formal, orgulhosamente. Ele tem se flagrado atribuindo a Wittgenstein idéias que está certo de que eram na verdade dele próprio, pensamentos que ele formulou antes daquele encontro fatídico na Kundmanngasse. "*Tractatus* 1", ele cita. "*O mundo é tudo que é o caso. Tractatus* 1.1, *O mundo é a totalidade dos fatos.*"

Em todas as quintas-feiras anteriores, Kurt foi um espectador silente. Esta noite ele olha de uma pessoa para outra aguardando a oportunidade certa. Sua temperatura oscila, e as oportunidades vêm e vão, até que lança uma pergunta que sabe que já se fizeram umas mil vezes. "Como você reconhece um fato do mundo?"

Moritz ri, mas não rudemente, e assente com a cabeça, o que tira seus cabelos apenas marginalmente do lugar antes que ele se detenha, ligeiramente arrependido de sua reação ao perceber a expressão séria de Kurt. "É uma pergunta válida", ele confessa. "Como verifico um fato do mundo?" Uma pergunta tão simples. Ele nem consegue responder a essa pergunta simples. Apesar de suas proclamações, Moritz sabe que algo está errado. Por mais disciplinado que seja em sua adesão à lógica, não consegue conceber um método para verificar fatos do mundo. Ele chega a definições cada vez mais restritivas que magicamente o afastam cada vez mais da clareza. Espirais de pensamento racional o levam para mais perto da compreensão, apenas para se desfazerem desapontadoramente mais longe. Quando Moritz estende o braço para apanhar o café, seu movimento é bem lento, e a perspectiva telescópica lhe parece tão uniforme. Seus dedos rodeiam a xícara e *sentem* o calor. Ele traz a xícara ao seu rosto e *vê* o líquido escuro. "Como sei que esta xícara existe? Não sei", ele admite para si. "Não sei."

Para ser honesto, ele só pode ter certeza de que *vê*. Só pode ter certeza de que *toca*. Observa Olga fumando um charuto enorme. Ela tem um jeito calmo, sempre à vontade. A fumaça flui em nuvens onduladas passando por seus cílios. Ela parece não se importar, e até tende a segurar o charuto aceso vertical e desconfortavelmente perto dos olhos. Seus cabelos estão reunidos livremente na nuca, uma moldura desgrenhada para seus grandes e amplos olhos cegos.

Ela não consegue ver o charuto. O que significa para ela dizer que existe um charuto entre seus dedos? O *significado* da afirmação é que ela *sente* o rolo recheado de tabaco. Ela *prova* a essência e a fumaça. Ela sente isso. Isso existe? Essa não é uma pergunta que faça sentido.

Mas o que realmente detém Moritz, o que mantém seus dedos congelados ao redor da xícara, café suspenso perto do queixo, é esta pergunta: *Olga* existe? Ele se queda ali pelo que parece um longo momento. A conversa pára, suspensa junto com o café.

"Olga?"

"Sim, Moritz. Estou aqui."

Ela estende o braço e engancha o polegar dele com seu indicador. Os demais dedos dela sobem para segurar-lhe a mão. Mas tudo que Moritz admite é que consegue sentir o que aprendeu a descrever como pressão no que acredita ser sua mão.

Otto ocupa o espaço à direita de Gödel. Está empapado de vermelho — barba, cabelos e bochechas vermelhas —, uma coloração que dá a impressão de que ele está perpetuamente em chamas. É um homem gigantesco, de estatura física impressionante. Sua barba cresce num emaranhado seco e indisciplinado, uma longa trama que se afasta bem do queixo. O tom vermelho natural da barba acrescenta um matiz fogoso à sua presença como um todo, uma verve que ele aprecia. Ele lança seu peso ao redor literalmente, mas não metaforicamente. Bate com o braço na mesa para enfatizar algo e apóia seu riso ressonante com toda a sua massa. Em reconhecimento ao seu aspecto formidável, desenha um elefante para concluir suas cartas em vez de assiná-las. O abundante combustível necessário para energizar seu porte exagerado advém em parte de convicções morais e políticas profundas. Os princípios literalmente pesam nele, como se as próprias idéias tivessem sido ingeridas e convertidas na matéria do seu corpo.

A primeira esposa de Otto, Anna Shapire, morreu ao dar à luz o filho deles. Em sua dor, ele a teria consumido se tivessem deixado. Ele a teria agarrado a mancheias e comido crua: músculos, gordura e ossos. Teria se recusado a expelir qualquer bocado de sua carne. Teria se mesclado com o eu corpóreo dela, armazenando-o em gordura e glândulas para sempre. Por assim dizer, ele foi impedido por força bruta: foram precisos diversos homens e mulheres para dissuadi-lo. Assim, em vez dela, ele devorou seus ideais: seu feminismo, sua crítica social, suas opiniões a respeito de mudança política.

A fluência dela em diversos idiomas ele não conseguiu reter, e aqueles idiomas passaram por ele indigeridos. Mas a visão dela de reforma social e econômica ele absorveu intacta e alinhou solidamente ao longo da sua própria, sentindo a iniciativa dela em suas próprias decisões ao ascender a posições de influência social e política.

Seus ideais sociais deixam suas largas proporções agitadas, uma agitação que ocasionalmente se manifesta como uma falha de caráter, um menosprezo de sua porção generosa de sagacidade e encanto. Nesses casos, ele parece propenso demais a detectar crimes de consciência e rápido demais em executar o julgamento.

Um exemplo: Otto abriga uma suspeita imperecível em relação a Wittgenstein. Ele sempre examina algumas linhas do *Tractatus*, como uma língua em busca de um dente cariado, por exemplo, *Tractatus* 6.522: *Existem realmente coisas que não podem ser postas em palavras. Elas se tornam manifestas. Elas são o que é místico.* Cada vez que diz *místico*, ele canta a palavra involuntariamente, e ela pende de seus lábios, um constrangimento, uma piada suja, um verso rude que os outros conseguem ignorar.

Outro exemplo: ele acha Kurt estranho. Se não fosse por Olga, estaria mais inclinado a descrevê-lo como um colega, quase um estranho, do que como um amigo. A imunidade de Kurt ao senso de humor exuberante de Otto também é um desapontamento. Em troca, Otto acha o humor de Kurt esperto e acadêmico demais, fazendo com que o tempo que se gasta refletindo sobre o sentido da piada lhe tire toda a graça, embora Kurt costume extrair um riso genuíno e espontâneo de Olga. Ela se encantou por Kurt, como se ele fosse um pássaro delicado com uma asa quebrada que teve a sorte de cair em seu jardim. E ele a impressionou profundamente com sua aptidão matemática, de modo que o que ele inspira é mais do que compaixão. É uma admiração genuína, e finalmente amizade, que ela sente em relação a Kurt. Instruído por Olga, Otto o ouve com mais paciência do que faria normalmente, e tomou a decisão consciente de refletir com atenção sobre quaisquer comentários de Kurt em busca das sutilezas de significado.

Ele pondera a pergunta de Kurt. Ele pondera a resposta de Moritz. Como Otto sabe o que é real? Ele conhece a dor de seu joelho causada por um antigo ferimento. Ele conhece os braços do filho, e as mãos e rosto e as pernas em crescimento. O filho ocupa espaço e vai ao encontro do pai quando passeiam juntos pelo parque. Otto conheceu uma tristeza insidiosa que brotava em jorros, tão infantil e dramática quanto os surtos no metabolismo do filho, mas aquilo agora se reduziu a uma lembrança pesarosa. E acima de tudo, conhece Olga. Como é que conhece? Ele não sabe como conhece, mas essa fragilidade ao redor da realidade o irrita. Olga é real? Ela é toda a realidade de Otto. É seu amor, sua vida. Seu guia.

Otto Neurath e Olga Hahn casaram-se em 1912. Ele ainda descreve para ela as permutações diárias de sua barba crestada, gastando tempo para discutir a variedade de vermelhos que parecem se alterar com as estações. Quando ela toca com os dedos os pêlos ásperos, imagina gengibre e palha pintada de rosa. Ela se surpreendia com a opulência da amostra mais extrema dessas cores secas, como o dourado das pinturas de Gustav Klimt. Quando viu o retrato feito por Klimt de uma das irmãs de Wittgenstein, em 1904, profusão de branco e azul e verde, perguntou-se onde estaria todo o dourado desse retrato de casamento da herdeira de uma fortuna tão estonteante. Por pura coincidência, não muito tempo após ver o retrato, ficou cega de uma infecção rara, com apenas vinte e dois anos. Cada vez menos freqüentemente, ela pede que Otto lhe descreva as cores, as lembranças se desvanecem nos vinte anos de escuridão, até mal conseguir evocar uma reprodução que corresponda à descrição de Otto. Mas ela consegue sempre imaginar o sangue e o âmbar de sua barba.

Depois de perder a visão, ela tentou fazer cálculos de cabeça, do jeito que fazia no papel, visualizando marcas brancas frias como giz na superfície óssea do seu crânio. Mas as equações iniciais se esvaíam quando a lista se alongava e ela tentava calcular rápido demais, uma cientista louca correndo atrás de uma tinta que desaparecia. Após alguns anos, abandonou seus métodos antigos com certa amargura e encontrou uma aptidão que havia descartado quando menina, revivendo-a por acaso quando uma lembrança inesperadamente viva a tirou da dormência.

Olga tinha uma sensação imaculada de direção. Ela e suas amigas davam as mãos e giravam, o sol olhando para suas órbitas anti-horárias, seus pés se cruzando e rodando mais rápido do que elas conseguiam coordenar, até caírem, tontas e desorientadas. Mas, a qualquer momento, Olga conseguia fechar os olhos e apontar para o leste, o braço oscilante vencendo a resistência do ar, compensando seu cambaleio. Mesmo sobre as pernas bambas, com uma clara articulação do dedo indicador conseguia apontar facilmente para o norte.

Ela tinha abandonado essa destreza espacial, trocando-a por uma capacidade mais analítica em seus estudos matemáticos. Mesmo cega, continuara tentando registrar as idéias com caneta e tinta, sabendo a bagunça que estava fazendo, rapidamente perdendo o controle da página e sem saber ao certo qual afirmação ousada emergia do resíduo.

Então aquela destreza voltou. Na Boltzmanngasse 5, no Novo Distrito de Viena, o sol em sua face, uma pequena máscara de calor num mar de ar gélido, o cheiro simples do instituto de matemática, e seu braço uma agulha alinhada com o campo magnético da Terra. Seus dentes refletindo a luz solar para o pólo Norte geográfico. Ela descobriu que poderia oferecer essa habilidade nas conversas matemáticas, tão útil quanto qualquer bússola quando os outros estivessem perdidos. No vasto espaço aberto que as trevas proporcionavam, via voltas e conexões despercebidas pelos outros. Uma vista aérea do falcão com visão noturna.

Ela usa seu mapa interno do espaço para navegar na escuridão completa por aposentos e ruas. E sua destreza permite certa elegância nos movimentos; assim, flutua suavemente para dentro do café e desliza para sua cadeira, permitindo que Otto lhe acenda o charuto: uma demonstração confiante de sua agilidade. Sua aptidão espacial lhe parece uma espécie de fenômeno magnético biológico que ela aprendeu a controlar e refinar, a ponto de, caso se concentre, poder delinear seu terreno imediato, sua xícara de café, o local de suas companhias, tudo com grande precisão.

Esta noite ela está sentada ao lado de Otto, saboreando um charuto novo, preocupada com o gosto suculento do tabaco e a imagem quente de brasas laranjas que o charuto aceso desperta na memória de seus olhos.

Moritz inclina-se na direção dela, seu bom amigo, falando conspiratoriamente do alto de seu paletó. Ele chega perto o suficiente para inalar a fumaça dela. "Não é que eu pense que você *não* é real, Olga. Você parece estar aqui. Admito isso."

"Bem, Moritz, obrigada."

"Mesmo assim, não faz sentido para mim afirmar qualquer coisa sobre sua realidade ou não. Não é algo que deva ser dito."

Olga enrola a extremidade ondulada de uma mecha solta do cabelo enquanto ouve Otto resfolegar (as narinas dele têm um talento para o vibrato), seu grande elefante. Ele faz movimentos bruscos, quase desequilibrando sua cadeira delicada. Seus movimentos quadrados e pesadões são um terremoto perturbador, isolado. "O mundo desmorona enquanto nos sentamos nesta mesa ignorando tudo em silêncio." Ele puxa a barba para criar formas flamejantes e aforquilhadas enquanto seu volume aumenta. "Que contribuição podemos dar sentados aqui sem dizer as coisas?"

Moritz não se perturba com o estado de espírito briguento de

Otto. "Em certo sentido, o filósofo não tem nenhuma verdade nova a oferecer ao cientista. Mas isso não deve desapontar. A descrição do cientista é um quadro do mundo. Nossa contribuição é extrair sentido do quadro do mundo astronômico e biológico."

Olga entra na discussão: "Por que a descrição científica não é suficiente? Eis os fatos do mundo: descobertas empíricas. Essa lista *é* o mundo. Essa *é* a realidade".

"Certo, pode-se defender o ponto de vista do naturalista, de que a mente experimenta uma realidade externa da qual participa. Mas como essa explicação pode realmente nos satisfazer, Olga? Poderíamos igualmente argumentar que toda experiência é altamente subjetiva, que a única coisa que realmente temos é a imagem, o cheiro, o gosto, e que todas as nossas afirmações sobre o universo são construções da mente humana."

Olga remove um pedacinho de tabaco dos lábios. "E essa explicação lhe satisfaz, parece verdadeira?"

"Na verdade, não faz sentido discutir qual quadro do mundo é a interpretação correta. Faz tanto sentido quanto dizer que a descrição inglesa da relatividade de Einstein é mais correta que a alemã. As estruturas abstratas são as mesmas e, nesse sentido, ambas estão corretas."

"Em certo ponto, não temos que declarar o que acreditamos que seja verdadeiro?"

"Nossas proposições são verdadeiras se tiverem a mesma estrutura do mundo. A verdade é uma correspondência por meio da estrutura."

Olga exala o ar dos pulmões, ganhando um segundo extra para encontrar a frase. "Moritz, será que vamos chegar ao ponto de dizer que não podemos afirmar o que é real?"

Gödel inclina o pescoço à frente para se interpor: "Os números são reais".

"Você me perdoe", Otto bufa, com uma torção de seus

ombros avantajados, divertido com seu próprio fraseado ligeiramente afetado.

Os óculos de metal de Moritz refletem as luzes do café, como que para fazer efeito, antes que ele enuncie: "Os números *não são reais*. Fornecem uma linguagem abstrata que reflete a estrutura do mundo, mas não são materiais, reais".

"Os números *são* reais. Um, três e pi. Tenho confirmação empírica da existência de números. Realizo um experimento, como imaginar um círculo perfeito. Divido esse círculo por seu próprio diâmetro para descobrir o número pi. E você poderia reproduzir o experimento. A experiência sensorial que a mente tem dos números é uma prova conclusiva de sua realidade. Pi é real."

"Real?", Olga oferece uma última oportunidade para que ele se retrate ou ao menos se torne mais obscuro.

"Sim, real. O mais real possível."

Com os cotovelos fincados na mesa e os dedos abertos para apoiar o charuto, Olga prossegue: "Kurt, o que isto poderia possivelmente significar, *o mais real possível*?".

Muitas vezes antes, em suas discussões matemáticas, Olga sentiu vagamente, com seus olhos cegos, o rosto de Kurt, relanceando em vão o pedaço de espaço dele como que meramente exercitando os músculos. Mas dessa vez ela *olha* para ele. Ela torna a encher sua xícara de chá impecavelmente, ancora o cotovelo, e vira seu perfil para fixar exatamente as lentes dos óculos sobre os olhos azuis dele. Existem princípios, axiomas e regras precisas para transformá-los em possibilidades físicas. Olga viola tais regras. Kurt cogita na possibilidade de Olga não ser possível.

Kurt deseja contar-lhe que não se pode confiar neste mundo. Há fantasmas, lapsos em suas regras. Está cheio de traições e enganos, germes e veneno. Ele quer contar que, além deste mundo fugidio, existe uma realidade melhor, mais verdadeira, uma realidade platônica, e nossa mente, obedecendo claramente à lógica, é capaz de perceber essa realidade separada composta somente de círculos e linhas, números e geometria. Ali não há doenças, vozes, enganos — apenas verdade. É como se uma lente de confusão interceptasse todas as linhas verdadeiras e redirecionasse os raios para um ponto focal além da visão deles.

Olga sugere, prestativa: "Kurt, você quer dizer *real*? Ou você pretende dizer algo sobre a *verdade*?". Ele pensa em confessar para Olga: "Só sei o que é real se também sei que é verdade". Mas ele contorna a pergunta, embora comece a falar com ela com uma clareza adorável. Ele discute a base da lógica e a forma das provas matemáticas. Seu olhar congelado se derrete e, quanto mais se aprofunda na linguagem da lógica, mais generoso se torna — e se sente. Olga, à medida que ouve, fica maravilhada com a inteligência singular desse homem que estava rígido e fechado menos de um segundo antes, como se um fósforo tivesse sido aceso para acender seu calor e derreter seu gelo. Ele discute a diferença entre prova e verdade e discorre sobre os símbolos simples os quais se inclinou sobre a mesa para desenhar, mas ela não consegue enxergar. "Existe uma definição formal de prova dentro de um sistema axiomático, mas não de verdade." Olga relaxa enquanto Kurt retoma seu estilo formal e técnico habitual. "Submetemos axiomas às regras de transformação para provar teoremas. A verdade é sutilmente diferente." Ao prosseguir, ele sabe que está oferecendo a ela algo precioso, uma gema incandescente, totalmente sagrada. Está oferecendo algo sólido para um fantasma.

O número 1 existe. Ele é real, ainda que Olga não seja.

Viena, 1931

Kurt desce correndo a Währingerstrasse. É tarde da noite e seus óculos estão escorregando do alto do nariz enquanto ele corre de cabeça abaixada. Ele ultrapassa uma mulher atarracada que carrega um pão preto pesado e uma sacola de legumes. Quase a derruba, seu quadril magro colidindo com o quadril redondo e mole dela. Ele pede desculpas. Seu pedido é caloroso demais. Ele é desajeitado ao correr. Lança os pés para o lado, de modo que tropeça em quase todo mundo que tenta ultrapassar. O céu está escuro qual cobalto. As calçadas estão repletas de gente voltando do trabalho. Ele chega à primeira esquina. O Café Josephinum está a apenas meio quarteirão atrás dele. Ele quer que o café vá embora, desapareça. Vira-se para olhar. Otto continua lá empertigado, segurando a porta aberta do café, observando-o correr. Otto fala seu nome.

Essa foi a primeira vez em que Kurt tomou a palavra sem ser convidado. Sua participação ao redor do Círculo costuma se restringir a um aceno de cabeça ou a um dar de ombros, indicações mal observáveis de cumplicidade ou ceticismo. Mas essa noite, sobre a lua branca brilhante da mesa, através da distância astronômica, Kurt quase sussurrou: "Tenho pensado sobre o Paradoxo do Mentiroso".

Moritz repetiu com um andamento medido, deliberado: "Kurt, o Paradoxo do Mentiroso é um mau uso da linguagem. Em matemática não há problemas insolúveis".

"Há, sim. Há algumas verdades que nunca podem ser provadas. Posso provar isso."

Kurt cruza os braços sobre o peito enquanto tenta manter o ritmo. A chuva começou. Homens se encolhem atrás das abas de seus chapéus. Fluem à sua volta como a matéria da tempestade. Mesmo no frio Kurt não consegue se livrar do azul acusador dos olhos de Moritz olhando para seus binóculos, danificando seu nervo óptico. "Não", Moritz acenou negativamente com a cabeça e dobrou as mãos sobre o pódio de seus joelhos. "Não", ele disse.

Enquanto Gödel atravessa uma rua e depois outra, tenta controlar suas emoções. Não sente nada, uma mangueira que secou. Está fugindo do que aconteceu depois, mas seu diálogo com Moritz está à sua frente, uma gravação sendo repetida, aumentando a cada circuito. Kurt sentiu que a discussão tomou um rumo deplorável quando Moritz cedeu à única tendência indelicada que qualquer de seus amigos poderia mencionar. Ele ajeitou os cabelos para trás com os dedos e ergueu as sobrancelhas para compartilhar um sorriso zombeteiro com seus vizinhos. Aquilo foi apenas ligeiramente degradante, mas o suficiente para dar cor à face pálida de Kurt. Ele tentou não entrar em pânico. Preso em seu assento entre os demais, Kurt ofereceu a Olga o que Moritz rejeitou. "O mentiroso diz: *Esta afirmação é falsa*. Existe um equivalente matemático, um enunciado que também faz uma afirmação insolúvel sobre si mesmo. Pode ser traduzido como: *Esta afirmação não é comprovável*."

Ele procurou a caneta preta e escreveu uma espiral de

números sobre a mesa, entre os obstáculos de pires e xícaras, enquanto Olga sentia a tensão nas costas que se estendiam e no silêncio elástico. Ele delineou para ela seu sistema de numeração.

"Codifico a frase *Esta afirmação não é comprovável* em números: nenhuma palavra, apenas números."

"Você traduz a sentença num código numérico?"

"Sim, num código de puros números."

Desempenhando o papel da boa irmã mais velha, Olga inclinou-se para a frente na cadeira, seus olhos olhando para o alto como que esperando receber um ungüento. Procurou prestar atenção no argumento de Kurt, acompanhando-o melhor que os outros, mas mesmo assim não totalmente presente. "E aí você prova que a relação é verdadeira?"

"Não, provo que a verdade ou falsidade da relação não pode ser decidida segundo as regras da aritmética."

"Então ela não tem prova matemática?"

"Exatamente. Mas isso é precisamente o que a relação afirma: *Esta afirmação não é comprovável*."

"Então ela é verdadeira?"

"Sim, é verdadeira. Podemos reconhecer sua verdade claramente, não mediante regras matemáticas, mas de fora da matemática. A verdade dessa afirmação não decorre da cadeia inflexível de relações lógicas, dos elos que prendem um fato matemático ao outro. Resulta, isso sim, de um olhar."

Otto não pôde impedir certa dose de gratificação esperançosa com os acontecimentos inesperados dessa noite. Antes de deixarem seu apartamento essa tarde, Olga, apertada em sua blusa branca de colarinho alto, parou à porta embrulhando Otto no seu sobretudo, encorajando-o a ser educado. "Vá e seja educado, ou então fique em casa e resmungue", ela aconselhou ao abotoar o casaco dele, já sabendo que optaria pela combinação vá-e-resmungue. Seu aborrecimento com Wittgenstein é contagioso e se expandiu numa irritabilidade generalizada com todas as formas de autoridade, inclusive a de Moritz. Ela pousou o rosto no tecido áspero que cobria seu grande coração antes de segurar-lhe o cotovelo, empurrá-lo porta afora e caminharem até o Café Josephinum para passarem uma noite que culminou nessa conversa em que Otto disse: "Você está dizendo que Moritz está errado?".

"Estou."

Otto respirou fundo, abrindo espaço para sua pança se expandir e depois, como um acordeão bávaro, lançou um riso ofegante no salão, batendo no estômago ao se levantar para pedir um bolo no bar. Otto estava totalmente entretido, elevado pela adrenalina. A possibilidade deu-lhe um arranque, um solavanco instintivo. Mas Moritz recebeu a notícia menos bem. Cruzando pernas e braços como que para bloquear a própria idéia, aproximando-se da raiva o máximo que é capaz, apoiou o queixo na palma da mão para apontar suas palavras em direção a Kurt, o tom procurando realçar o ridículo: "Wittgenstein está errado?".

As mãos de Gödel saltaram de dentro do sobretudo, ferrões reduzidos pesarosamente repelindo sua própria resposta: "Está".

Há quase um clamor dos estudantes, mas Otto aplaudiu alegremente. "E se Kurt tiver razão? O que há de tão ruim?"

Moritz balançou os dedos vigorosamente: "Seria causa de grande desespero. *Razão. Precisa. Prevalecer.* E para isso a matemática precisa ser perfeita e completa. Deve ser logicamente possível responder a todas as perguntas que fazem sentido. Deve ser *possível*".

Ao que Kurt respondeu: "A matemática *é* perfeita. Mas não é completa. Para ver certas verdades, você tem que ficar de fora e olhar para dentro".

"Não", Moritz quase urrou. Seguiu-se um golpe no ar com as costas da mão, mantendo o braço como que agitando uma bandeira. "Não."

Rememorando a conversa, deformando-a ligeiramente a cada repetição, Kurt vira à esquerda na próxima rua, depois desce mais duas. O vento levanta resíduos de papel da sarjeta. Um caco de vidro brilha numa rachadura estreita na calçada. O ar está embaçado ao redor da boca. Um homem corpulento lava as vitrines de sua loja não iluminada. As bolhas de sabão refletem as cores mais brilhantes da rua antes de virarem espuma branca. Esse homem lavou essas vitrines centenas de vezes e as lavará outras mil vezes, e outras mil vezes elas serão cobertas por uma sujeira fina. Um casal discute baixinho sob a luz de uma janela acima, como se estivessem no palco num canto que confundiram com um abrigo particular. Ela está tentando entender seu argumento, e ele está tentando entender seu mau humor. Eles estão mais próximos, mas não estão totalmente ali. Nunca totalmente ali.

Atingido pelas gotas sumosas e grossas da chuva, Kurt vê-se forçado a aceitar que, apesar de todos os preparativos, essa noite não transcorreu bem. De manhã ele temeu incessantemente que pudesse assustar Moritz, que pudesse perder o respeito desse homem inteligente, confiável e seguro. Andou a passos lentos pelo apartamento gélido até as juntas do joelho estalarem e doerem. Mas ele não se preparara adequadamente para aquele desenlace. Se estivesse mais bem preparado, talvez não cometesse este erro grave: ofereceu consolo a Moritz, envolto num espiritualismo repugnante para um homem que lhe parece tão tranqüilizador, tão inteligente, tão real. Deveria ter parado, mas não conseguiu parar, indo longe demais e expondo o que não consegue provar, o que ninguém jamais aceitará, o que o enlouquecerá, o que é melhor manter em segredo.

Todo o seu corpo fino implorou: "Moritz", inclinando-se sobre a mesa de mármore e as linhas de líquido em sua superfície. Suas palavras se alongaram num lamento: "Não podemos provar que é verdade, mas podemos reconhecer que é verdade. Nossas mentes podem ver a verdade. Vê-la mesmo quando a matemática não consegue. Nossas mentes são maiores do que isso. *Nossas mentes são maiores*. Concordo com você até este ponto: não podemos confiar em nada, acreditar em nada, exceto na lógica e nos números. Não sabemos o que é real. Não sei se você existe. Você não sabe se eu existo. Você pode acreditar que seja verdade. Mas você nunca saberá, Moritz. Nunca. Tudo de que podemos ter certeza é que um mais um é igual a dois. Nossas mentes conseguem atingir isso. Os números são tão reais como o Sol e a Terra. Ocupam uma realidade separada da realidade física, mas não menos real. A mente é um portão de entrada para esse mundo, um portão de entrada para outra realidade, um lugar perfeito em que todo o resto desaparece. O mundo, Moritz, não é tudo que é o caso".

Em resposta, seus amigos que estavam reunidos ao redor da pequena mesa, seus colegas, seus companheiros, aqueles estranhos, tranqüilamente continuaram fumando e pedindo coisas do bar e analisando pensamentos privados. Otto removeu migalhas de bolo da barba, ao mesmo tempo que enfiava cobertura de bolo na boca. A mesa estava tão silenciosa que Kurt conseguiu ouvir o movimento úmido da língua de Otto contra o céu da boca. Quando todo traço visível de açúcar se desintegrara, com um banho de café Otto fez a gelatina presa na gengiva descer garganta abaixo. Os demais engoliram a última bebida e depois fitaram, mudos, o interior de sua xícara como que para ler a sorte no pó de café úmido. O olhar de Moritz elevou-se da mesa sem atingir ninguém em particular. Seus braços ainda estavam cruzados. Depois de um silêncio nitidamente longo, Moritz respirou fundo, apertou os lábios e pousou as mãos entrelaçadas na beira da mesa, como que participando do encontro pela primeira vez. Depois, abrindo uma carta de um colega de Göttingen, encaminhou a conversa delicadamente, mas com decisão, para outro rumo, e os outros pareceram gratos em acompanhá-lo.

Abafado por uma vergonha que não entendeu plenamente, Kurt irrompeu da cadeira, impressionando Otto, até que tropeçou em Olga e avançou desajeitado pelo salão, precipitando-se em direção à rua.

Ele corre rumo ao próximo bairro, virando à esquerda e resvalando nos fundos arredondados de um prédio, até arremeter novamente à frente, através de outra *Strasse*. Essas ruas úmidas estão vazias, tirante os reflexos nas poças de pessoas em janelas brilhantes dos apartamentos acima dele. Os pés de Kurt as pisoteiam. Elas desaparecem para logo depois reaparecer atrás dele quando a ondulação se acalma.

Uma moça olha por uma janela, curiosa em saber quem está lá em baixo, e como e por que fomos parar ali. Ela contempla as copas das árvores e um homem solitário e desastrado correndo, e pensa o que tantos outros descobriram sobre si mesmos: não somos grande coisa. Somos confusos e brilhantes e estúpidos, conglomerados perdidos de cinza viva.

Tentei permanecer fora dessas histórias, mas estou aqui também. Estou em uma rua, em uma cidade. A caminho de um trem. Vejo a moça lá em cima na janela. Ela me vê aqui fora. Ela é uma invenção rarefeita de minha própria mente. Ou eu sou uma invenção da dela. Ou da sua.

Gödel também a vê, a moça na janela. Depois ela desaparece. A janela está vazia. Ela foi resolver um assunto que resolveu cem vezes ou foi lavar a louça que terá que ser lavada de novo e de novo ou foi escrever uma carta que nunca expressará tudo que ela gostaria.

Gödel acomete, através dos trilhos do bonde, veios de latão escorregadios, escorregando ligeiramente, passa por árvores periodicamente ziguezagueantes e meios-fios sujos, por dois outros bairros até encontrar o local e bater no velho letreiro. Um homem entediado, com um bigode cinza denso, inclina-se pelo vão da porta parcialmente aberta e diz: "O espetáculo terminou".

"Adele", Kurt diz ofegante. "Adele."

Nova York

Tentei permanecer fora dessas histórias, mas estou aqui também. Estou em uma rua, em uma cidade. A caminho de um trem. Consigo ver alguém postado a uma janela a vários andares de altura, num prédio de fachada rebuscada com vista para o parque. Se eu estivesse lá em cima, olharia pela janela também e ficaria curiosa em saber quem está lá embaixo, e como e por que viemos parar aqui, e admitiria o que já admiti mil vezes: não somos grande coisa. Somos confusos e brilhantes e estúpidos, conglomerados perdidos de cinza viva.

Nesta rua, a esta hora, está uma mulher com um enorme e velho casaco. Eu a ultrapasso facilmente, enquanto ela desce a avenida. Com os postes de luz antigos e o pano de fundo do parque, esta poderia ser uma década totalmente diferente. Ela me lembra Olga se Olga tivesse chegado a essa idade, mas Olga morreu na Holanda aos cinqüenta e cinco anos, após uma cirurgia renal.

Uma mulher e seu cão caminham na minha direção e se movem de modo a passarem um de cada lado. Ela abaixa a guia do cão para que eu possa facilmente pular por cima e, por uma fração de segundo, enquanto meu pé está suspenso no ar, sou uma menininha que vai pular corda, e ela é minha amiga balançando a corda. Então ela e o cão desaparecem, junto com a sensação.

No parque, acima do muro baixo, duas meninas brincam na grama. Gigantes assomam sobre os brinquedos, monstruosamente fora de proporção. Estão dando as mãos e girando, inclinando-se cada vez mais para trás até que seus dedos se unem, carne gorducha e osso emaranhados. O que vejo? Momento angular em torno de seu centro. Um princípio da física em seu movimento. Uma lembrança de mocinha de joelhos sujos de relva.

Continuo andando e me afasto da confiança fácil das meninas nos mecanismos do mundo. Acredito que elas existam, ainda que meu conhecimento delas só possa ser imperfeito, um esboço grosseiro de seus bilhões de átomos vibrantes. Acredito que esta seja a verdade. As meninas não são produtos da minha imaginação, nem eu sou um produto da sua imaginação. Existem simplesmente certas coisas que não podemos rigorosamente provar. Portanto, aceitemos isto como verdade: esta sou eu.

Estou em uma órbita através do universo que cruza os caminhos de certas meninas, uma adolescente, um cão e uma mulher velha. Talvez eu devesse arrolar acontecimentos mais significativos que moldaram a minha relação com a verdade, mas essa história seria também uma mentira. Eu poderia ter escrito este livro de forma totalmente diferente, mas de novo talvez este livro seja a única alternativa possível, e estas sejam as únicas escolhas que eu poderia ter feito. Esta sou eu, um compósito irreal, talvez parcialmente mentirosa, talvez não-livre.

Cambridge, Inglaterra, 1935

Sete anos após o dia em que é soterrado vivo por quase uma hora completa, Alan Turing está deitado no gramado de Grantchester Meadows. Chegou aqui por acaso. Deixou seus aposentos no King's College à procura de uma maçã no mercado ao ar livre no centro da cidade de Cambridge. As cascas das maçãs vermelhas na primeira barraca, geralmente sua favorita, estavam cobertas com restos secos de alface, indício de um acidente de transporte na madrugada. Após sua repulsa inicial, cogitou em comprar a fruta e lavá-la, mas essa opção foi frustrada pela proximidade das beterrabas vermelhas. As cores não eram exatamente as mesmas, mas da mesma família. E algumas das beterrabas estavam tocando algumas das maçãs, que por sua vez tocavam outras maçãs, formando uma cadeia de carmesim entornado contaminando a caixa e tirando o apetite. Ele pensou em se contentar com um espécime amarelo ou verde, até divisar um sujeito jovem oferecendo praticamente apenas um engradado de maçãs vermelhas equilibrado sobre um barril. Aproximou-se delicadamente do produto e do moço, mas saiu apenas com a fruta.

Fazia quase seis meses que seu namorado (ex-namorado) James deixara Cambridge, e a solidão de Alan fortificou uma melancolia familiar. Com sua maçã vermelha no bolso da jaqueta azul, ele ergueu o colarinho, abotoou a jaqueta e viu-se caminhando sobre as velhas pedras arredondadas da pequena Silver Street, passando pelo portão do gado para entrar em Sheep's Green, ao longo da Mill Pond, e afastando-se do decrépito Mill Pub com seu odor forte de cerveja em diferentes estágios de fermentação. Em pouco tempo, estava fazendo involuntariamente a agradável caminhada até Grantchester Meadows.

Ele está no mais profundo dos pastos verdes, resfriados pela umidade especial aprisionada no alto de Cambridgeshire. É início da tarde, embora a julgar tão-somente pela luz poderia igualmente ser o começo da noite. Se ele vira a cabeça para que a luz difusa se junte nas lâminas rígidas da relva cerácea, grandes porções grumosas do prado se afiguram quase azuis. Bem acima, carbono carbonizado é conduzido pelo vento, como as cinzas de um cigarro, até que as cinzas se revelam um bando de pequenas aves negras. Elas pululam em harmonia. Orquestradas mas não melodiosas — correntes atonais silenciosas de aves negras não identificadas, até desaparecerem.

Alan observa as aves diretamente. Uma marca fantasmagórica salpica sua visão — aves brancas empalidecendo até sumirem. Uma imagem de poeira em seus olhos. Um fantasma de fragmentos de sal marinho num caixão improvisado.

Resistindo ao desespero, ele amiúde corre aqui ou ao longo do rio, até parecer que poderia correr até Londres, se não der meia-volta a dez milhas da faculdade. Às vezes ele permanece perto de seus aposentos, se tiver um experimento efervescendo ou um seminário ao qual comparecer. E aí ele se acomoda na parte mais estreita do rio Cam, um rolo de lama saindo da água opaca e se fundindo à grama, um mero bocal onde o rio quase morre antes de divergir, ainda visível, num fluxo apropriado, um corpo d'água grande o suficiente para que lá flutuem os barcos com seus remadores. Independentemente do lugar que está destinado a ocupar, ele é atraído para a umidade lá fora e para baixo do acúmulo de nuvens.

Mas o prado é seu lugar favorito. Ele se deita profundamente na grama e na sujeira, e imagina que é lama e vegetação, uma bolsa de moléculas inanimadas reordenadas num homem. Ele fica invisível na grama da maioria dos ângulos e, de seu retiro favorito no chão, consegue quase ver meia esfera completa do céu. Mais de uma vez traumatizou um caminhante que passou por ele, ali deitado olhando para o ar, e certa vez foi atingido por uma bicicleta.

Ele sente a presença de Chris nesses dias mais solitários. Apoiada no peitoril da janela de seu aposento na faculdade, uma foto adorada de Chris — uma pobre semelhança, a imagem desfocada impressa invertida. A foto ajuda a encorajar as fantasias de Alan e traz para fora sua dor, com mais eficácia do que um espinho na face ou uma caminhada sobre carvões quentes. Ao receber a foto, escreveu uma carta à mãe de Chris:

> Minha querida sra. Morcom,
>
> Fiquei tão satisfeito ao receber a foto de Chris. Ela nos lembra que Chris está, de certa forma, vivo agora. Somos propensos demais a pensar nele vivo somente em alguma época futura quando voltaremos a encontrá-lo; mas é muito melhor pensar nele como separado de nós apenas por enquanto.[4]

Alan tem uma obrigação moral de alcançar o que Chris já não consegue, porque em certo sentido Chris está vivo *agora*. Um indivíduo não se desintegra simplesmente com a dissolução da matéria de seu cérebro. O espírito é uma essência atemporal. A força da alma reside precisamente no fato de que ela não está exatamente presa ao passado ou ao futuro, mas paira por aí fora de seqüência e permeia o tempo.

Assim, Alan sente o desafio de Chris. Ele também se sente um pouco menos ridículo tentando a imitação na sua ausência. Não há perigo de que alguém venha a detectar a emulação, pois Alan é uma reprodução grosseira e equivocada. Esse fardo é um pouco mais leve do que quando Chris estava vivo, e os sucessos sistemáticos de Chris Morcom contrastavam frontalmente com os fracassos tépidos de Alan Turing. Embora não tenha vivido o suficiente para tomar posse, Chris fora convidado para o mais cobiçado dos cargos acadêmicos, no Trinity College, em Cambridge. Levado pelo desejo de estar perto de Chris, e por seu exemplo, Alan batalhou para se levantar. Apesar de fracassos persistentes, Alan enfim obteve um *fellowship* no King's College, em Cambridge, sua segunda opção após o Trinity.

E aí ele está desde então. Quase bem-vindo. Se não um completo iniciado, ao menos não um pária completo. Até mesmo sua sexualidade evoluiu sem perseguição direta. E ele tem um ou dois amigos decentes. Mesmo assim, sente falta de Chris e chega a passar ocasionais feriados com a sra. Morcom, em vez de em Guildford com a própria mãe.

Depois da morte de Chris, Alan começou uma troca de cartas formais com a sra. Morcom para extravasar parte de sua dor. Em pouco tempo, as cartas formais e polidas encheram-se de emoção. Ele até confessou seu amor, empregando a palavra *atraído* mais do que ela poderia ter gostado, mas as implicações foram ignoradas ou sublimadas. A sra. Morcom estava desesperada em sua própria dor e procurou quaisquer companheiros no sofrimento, até mesmo aquele rapaz estranho que ela mal lembrava de ter ouvido o filho mencionar.

Alan justifica seu apego ao falecido, já que, em certo sentido,

Chris ainda existe. Para ajudar a formular sua defesa, redigiu um ensaio à sra. Morcom intitulado "Natureza do espírito", em que escreveu:

> Em ciência supunha-se que, se tudo fosse conhecido sobre o universo em qualquer momento particular, poderíamos prever como ele seria por todo o futuro. [...] Mas essa teoria pode sucumbir ao estudarmos os átomos. Somos dotados de uma vontade capaz de determinar a ação dos átomos, provavelmente numa pequena porção do cérebro, ou possivelmente em todo ele. [...] Quando o corpo morre, o "mecanismo" do corpo, contendo o espírito, desaparece, e o espírito encontra um corpo novo mais cedo ou mais tarde, talvez imediatamente.[5]

Se bem que esteja agitado por sua própria crença — uma crença que nunca se cristalizou tão bem quanto ele gostaria —, Alan não permite que a complacência espiritual corrompa sua visão pura da matemática. Num tributo a Morcom, Turing analisou o dióxido de enxofre e o ácido iódico em detalhes matemáticos explícitos. Sob as equações diferenciais e as composições químicas, encontrou um resultado brilhante. Lúcido e verdadeiro. Registrou-o em tinta preta sobre papel branco. Sua prova não brilhou em azul, nem pulsou com a emoção do momento em que a proveta capturou o esplendor de Chris. Mas foi honesta e correta. Sua homenagem a Chris.

Ele escreve para Chris no diário, onde inventa argumentos sobre modelos químicos, ou um projeto de uma máquina automatizada, ou um debate sobre os teoremas da incompletude, de K. Gödel. Ele e Chris teriam passado dias juntos, conversando assim a noite inteira, disputando uma partida de xadrez nas pausas. Alan é tranqüilizado pela lembrança de Chris movendo uma torre lá em Sherborne. Chris fez uma escolha. Ele exerceu o livre-arbítrio. Mas, mesmo após todos aqueles anos, uma farpa permanece na cabeça de Alan, uma armadilha em sua fé. Chris seguiu as regras. Ele executou uma tarefa mecânica simples. Aplicou certo método. Uma computação.

Deitado de costas na grama viçosa com uma visão do céu cinzento, Alan pensa sobre as escolhas. Pensa sobre as regras. Sobre o método. Sobre mecanização. Ele se pergunta se o próprio pensamento pode ser mecanizado. O cérebro modelado por um processo mecânico — por uma máquina. Ele se indaga se uma máquina poderia pensar.

Desenha as casas de um tabuleiro de xadrez num pequeno caderno ligeiramente úmido que mantém no bolso traseiro. Depois redesenha o tabuleiro como uma faixa, abrindo os blocos em uma fita — o princípio de uma fita infinita de quadrados. Desenha zeros e uns nos quadrados, apagando-os e recomeçando com pequenas correções. Ele codifica regras nos padrões de números. Depois desenha uma máquina que lê a fita. Não é um bom desenhista, de modo que a máquina é apagada várias vezes e substituída por uma ilustração simples de uma caixa. Os estados finitos de sua máquina responderão ao padrão de zeros e uns, farão o que eles instruírem.

Antes que a noite avance, ainda de costas, ao começar a sentir o frio do orvalho, ele vê como o xadrez poderia ser mecanizado, porque vê exatamente como mecanizar 1 + 1. Inventa uma máquina capaz de somar. Uma máquina sem mente, sem espírito, sem alma.

Sua descoberta resplandece em seus pensamentos. Essa jóia da expedição sistemática de sua mente lança raios perfurantes de ouro através da cúpula girante acima. Levantando-se no frio cortante do início da noite, ele contempla devotamente o esplendor da verdade ao correr para casa, perdendo sua maçã, que cai do bolso e gradualmente apodrece, transformando-se em matéria do prado.

Mas onde está Deus em 1 + 1 = 2?

Cada quadrado enxadrezado da janela pequena do quarto de Alan invoca um ângulo diferente do universo. Ele tenta selecionar sua visão favorita. Às vezes, o gramado denso do King's College. Outras vezes, consegue capturar uma pessoa inteira cruzando a grama em um quadrado antes que a pessoa se vá e então, como se a janela fosse uma câmera fugidia, tenta acompanhar a imagem antes que ultrapasse o visor. Hoje, e nos vários dias desde a descoberta lá no prado, sua visão favorita tem sido o ar puro. Ele se deita no chão do quarto, usando calças dobradas como travesseiro, a fim de contemplar a tela granulosa. Não suporta olhar para pessoas. Elas destroem sua concentração. Desse modo, só deixa o quarto para correr de volta a Grantchester ou em direção a Londres ao longo do rio Cam. Ocasionalmente pára no centro da cidade para uma maçã e uma olhada no feirante com o engradado de esferas vermelhas equilibrado sobre um velho barril. Depois desce correndo a Silver Street, a calçada tão estreita em certos trechos que ele pega o caminho irregular no pequeno trecho até o portão do gado. Ao parar para fechar a cerca atrás dele, olha para trás em direção à cidade e se admira com a rapidez com que sua percepção do local se altera. Sua nova visão de mundo estende-se atrás dele e elimina a confusão inútil com a rapidez com que ele consegue correr, e assim o que resta realmente parece brilhar.

Ao correr através de Sheep's Green, ele evita outros olhos. A atenção que as pessoas exigem é perturbadora. Uma vez agitado, tem dificuldade em retornar à privacidade de sua mente. Ele corre pelos campos até se sentir completamente sozinho. Toma fôlego apoiado sobre os braços retos equilibrados nos joelhos dobrados. Ao se acomodar no chão, pensa sobre números. Sobre 1 e 3 e π. Uma máquina poderia computar esses números. As instruções seriam simples, e ele poderia codificar as próprias instruções em números.

Dia após dia, fica deitado no chão de seu quarto, fitando a porção de ar granulado captado no segundo quadrado axadrezado da esquerda para a direita e segundo de cima para baixo. Dia após dia, corre pelos campos e aproxima-se mais da grande idéia.

Ele pensa em máquinas. Máquinas que seguem regras escritas em código. Suas máquinas conseguem somar e dividir e calcular números, uma lista infinita de números. Ao ordenar a lista de números computáveis em sua mente, seu espanto faz com que sinta vontade de contar isso a Chris, de encontrá-lo na biblioteca ou de lhe sussurrar durante a aula, de esboçar os números em papel para ele, mostrar-lhe a verdade incrível: existem números reais que não estão na lista. A lista é infinita, mas não suficientemente infinita. Ele acha outra lista infinita de números — números que não podem ser definidos por nenhuma regra. Uma máquina que tente calculá-los nunca conseguirá parar. Ele acha uma lista infinita de fatos matemáticos que nunca poderão ser provados. Números incomputáveis, para sempre além da razão humana.

Ele está indisposto e irritável, intumescido de idéias. E algo o desgasta. Seu materialismo aumenta com essas epifanias incríveis, mesmo quando sua fé canhestra enjoa e choraminga e atormenta. Seu materialismo versus sua fé. Com uma espécie de fascínio mórbido, Alan observa o esfolamento brutal de suas crenças, com compaixão e um pouco de desdém pelo perdedor. Sua própria estrutura elaborada do espírito empilhada sobre elementos de matéria: um castelo de cartas frágil que ele derruba facilmente.

A mente humana também pode ser reduzida a uma máquina. Essa idéia motiva todas as outras, enquanto ele corre sobre a relva, passando por árvores, pontes, gado. Estados mentais podem ser substituídos por estados da máquina. O pensamento humano pode ser decomposto em regras simples, instruções que uma máquina consegue seguir. O pensamento pode ser mecanizado. A conexão não está perfeitamente clara, mas eis ali o catalisador de um grande cristal. Não se trata apenas de que o pensamento *pode* ser mecanizado. Ele *é* mecanizado. O cérebro *é* uma máquina. Uma máquina biológica. A idéia o acalma da cabeça aos pés, uma onda de compreensão clareando sua confusão, suas idéias turvas e seu fôlego. O abalo dá esta sensação: não existe céu ou terra. Tempo ou significado. É uma pulsação — um silêncio duro, uma vibração. É sem cor, sem gosto, sem sentido. Uma explosão branca e quente.

A onda destrói-lhe a fé. Ele corre ao longo do Cam, pisando locais familiares onde chorou a morte de Chris. Seu passo, regular, fácil e confiante, quando a admissão se torna total: *Onde está Deus em 1 + 1? Em lugar nenhum.*

Nos próximos dias, semanas e meses, ele sente o resto de seu espiritualismo evaporar-se como os últimos calafrios de uma febre. Não sente remorsos e indaga como chegou a se apegar à sua fé tosca com tamanha emoção. Somos apenas máquinas. Aos vinte e três anos e pelo resto da vida, ele abraça, sem reservas, uma matemática que existe independentemente de nós — embora nós, pelo contrário, não vivamos independentemente dela. Somos máquinas biológicas. Nada mais. Não temos alma nem espírito. Mas estamos presos à matemática, e a matemática é perfeita. Isso tem que ser verdade.

Onde está Deus em 1 + 1? Não existe Deus.

Olhando para trás sem o filtro da fé, ele passa a aceitar que o significado real de sua premonição aqueles anos todos — uma proveta de vidro estilhaçada numa poça de azul —, a origem real daquele temor horrível, não foi a morte de Chris, mas a morte da fé. Não foi uma premonição, um passo além do limite do tempo ou das imposições do destino. Foi uma acusação, um dedo apontando para seu auto-engodo. O medo ajudou-o a negá-lo, a suprimir a pepita de realismo, a esconder-se por trás de desejos infantis mediante o remédio dos contos de fada. Mas o mal-estar durou todos esses anos até ele enfim se livrar do defensivo apego ao espiritualismo. Ele não intuiu misticamente que Chris estava morrendo. Ele testemunhou claramente o declínio do amigo. Via o pescoço visivelmente esquelético e as clavículas salientes de Chris. Sua falta de apetite. Seu desconforto dissimulado e sua provável dor. O que Alan temia então, e sabe agora que é verdade, é que, quando Chris partisse, partiria mesmo. Quando Chris morreu, começou o declínio da fé de Alan. E, quando ela enfim partiu, partiu mesmo.

Para sua grande surpresa, seu materialismo não é tão triste assim. Ele transita com mais facilidade e resistência, e menos temeroso. É como se os seus olhos, após uma obscuridade irritante, tivessem subitamente recuperado o foco, e o mundo inteiro parecesse brilhante. Todos os seus sentidos se aguçaram, de modo que as cores, os sons, os cheiros e as texturas são esplêndidos e vibrantes, uma experiência que faz o coração vibrar de alegria. Cada folha da grama brilha. O vento forte de Cambridge expulsalhe a seriedade. O trançado inútil de cada ramo de cada árvore, mesmo a fraca bruma luminosa, o mundo inteiro canta como se ele nunca tivesse visto ou ouvido algo antes. Com o puro prazer desse despertar palpável, seu amor à natureza se intensifica, como se enfim tivesse se entregado a ela, por inteiro e sem inibição. Dentro de alguns dias seu espiritualismo não passa de uma lembrança infantil ligeiramente constrangedora. Em seu lugar existe agora um materialismo calmo e impermeável — bem distinto do triste e sombrio vazio que ele temia. Ele teria dificuldades terríveis em colocar isso em palavras. Nenhuma palavra individual conseguiria denotar essa sensação. Ele teria que escrever algo extenso, com muitas advertências e tangentes e, mesmo então, sabe que não exprimiria com sucesso a proximidade ou o esplendor dessa experiência visceral. Talvez na mente de outrem palavras melhores surgissem, mas não na sua. Assim sua mente lhe oferece algo simples. Apenas uma palavra lhe ocorre repetidamente, e só podia ser ela — uma palavra que ele não pensa muitas vezes em usar: *bonito*. É *bonito*.

Viena, 1936

O pior ano da vida de Kurt. Ele se internou num sanatório. Não sabe ao certo como chegou lá. Estritamente falando, Adele o conduziu por cento e sessenta quilômetros, a partir de Viena, num carro emprestado. Ele transpôs, recurvado, os portões de entrada e, fisionomia suplicante, internou-se lá. Antes que sua assinatura fosse aplicada ao papel, Adele já se tornara mera marca forense no cascalho, a caminho de volta à cidade. Foi assim que ele chegou lá. Mas as razões mais profundas, os dominós de causa e efeito, são difíceis de desemaranhar.

Há fatores determinantes na história que ele conta a si mesmo para explicar sua trajetória. Sem uma história com alguns pontos-chave, sua vida é uma sucessão de lembranças incompletas em cuja exatidão confia ainda menos do que nas experiências reais. De um punhado de fatores determinantes ele extrai inferências sobre sua história. Existe causa e existe efeito. Mas as histórias são distorcidas pela inexatidão. Ele precisaria de um cálculo de forças e conseqüências claro e inequívoco, mas a complexidade de tal computação está além até dele. Se ele não consegue provar a resposta, como pode saber se está livre? Está livre para optar diferentemente de como optou neste momento? Está livre para optar por comer a crosta do pão ou a única opção que poderia ter feito era abster-se? Ele não tem certeza de que consegue ver a verdade tão claramente. Na ausência de um cálculo perfeito, é forçado a fazer aproximações, a reduzir a umas poucas as forças quase infinitas que atuam para criar este momento.

Ele reduziu os fatores-chave a uma lista de cinco. Primeiro, partiu para os Estados Unidos. Foram necessárias duas tentativas. Na tentativa inicial, conseguiu deixar Viena no Expresso Oriente, com Olga e Otto dando adeus de uma extremidade da plataforma, sem perceberem que o irmão de Kurt dava adeus da outra. Quando o trem chegou à estação seguinte, Kurt havia medido sua temperatura várias vezes e concluído que estava mal. Seu irmão ficou totalmente contrariado ao descobrir que Kurt retornara a Viena, arrastando sua bagagem e solicitando a atenção de um médico. Após alguns dias de afagos e convencimento, Kurt e seu trem enfim partiram de uma plataforma quase vazia, sem amigos ou familiares acenando. Ele atingiu a costa da Inglaterra, onde embarcou num navio e observou a curva de terra desaparecer na neblina. Após passar seis dias aturando a companhia de turistas americanos metidos a besta, sua hesitação crescente em aceitar um cargo acadêmico no Instituto de Estudos Avançados de Princeton, Nova Jersey, se dissipou à visão de Manhattan se elevando sobre a amurada do navio. Sua esperança aumentou com aqueles edifícios. Estava prestes a aderir, ainda que apenas temporariamente, a um êxodo em massa de intelectuais da Europa rumo ao Novo Mundo. Os refugiados, de grandes ícones a talentos promissores, fixaram-se numa Princeton bonita, arborizada e isolada, protegida, pelo privilégio e pela geografia, das privações de uma depressão econômica que desidratavam o restante dos Estados Unidos. Talvez na América encontrasse o reconhecimento que tinha se esquivado dele na Europa.

Ele continua esperando por esse reconhecimento. Espera como um paciente cronicamente doente que requer medicamentos para manter-se vivo. Depois que seu artigo "Acerca de proposições formalmente indecidíveis nos *Principia Mathematica* e sistemas relacionados" foi publicado, ele anunciou seus resultados numa conferência matemática e foi ignorado pela maioria, malentendido por um punhado, atacado por outro punhado. Houve um homem, o professor Von Neumann, de Princeton, que se dirigiu a ele em particular após seu seminário, e eles conversaram como se suas próprias vidas dependessem daquilo. Conversaram sobre números primos e fatorizações únicas, codificando numericamente as afirmações sobre números, bem como sobre provas e até sobre a verdade. Pouco tempo depois chegou um convite do Instituto de Estudos Avançados para um *fellowship* de curta duração em Princeton. Após aquele terrível olhar de irritação e finalmente o grave desapontamento de Moritz, o próprio desapontamento de Kurt havia se tornado um obstáculo obstinado. Ele nunca voltaria a falar com Moritz sobre seus teoremas da incompletude e, embora se falassem de tempos em tempos, as coisas nunca mais foram as mesmas. Nunca se reconciliaram totalmente. Pouco depois que seus resultados se solidificaram, o estado de ânimo de Kurt piorou, e um breve repouso num sanatório fez-se necessário. Ao menos sua mãe e seu irmão julgaram necessário, quando o internaram durante aqueles meses terríveis em 1931. Portanto, ao chegar o convite de Princeton, sentindo-se estranho na Europa, ele aceitou.

No seu primeiro dia no instituto em Princeton, Kurt foi saudado por pelo menos um rosto familiar, o economista Oskar

Morgenstern, que Moritz havia apresentado ao Círculo de Viena vários anos antes. Oskar buscou refúgio nos Estados Unidos após sua sumária demissão como diretor do Instituto Austríaco de Pesquisas Econômicas, devido ao que os nazistas tacharam de sua politicagem desprezível. Ele se estabeleceu como acadêmico respeitado no Instituto de Estudos Avançados e, embora grato pelo abrigo oferecido pelo Novo Mundo, muitas vezes sofria por causa da alma apodrecida de seu próprio país. Na sua primeira manhã no instituto, Gödel adentrou a cafeteria repleta de revistas científicas e de professores confortavelmente trajados, e deparou com Oskar lendo *The New York Times*. Oskar estava ansioso por ouvir notícias de seu lar leproso. "E como andam as coisas na Áustria?", ele perguntou, cheio de preocupação. "O café anda péssimo.[6] O que o traz aos Estados Unidos, Herr Morgenstern?",[7] foi a resposta espantosa de Kurt. Quando a conversa então se voltou para os fantasmas, Oskar estava pasmo demais para se sentir ofendido e, em vez disso, maravilhou-se com o "desligamento" do novo amigo.

"De tão estranho foi até engraçado, e de tão engraçado foi quase perdoável", ele contou à esposa após narrar a resposta notável: "O café anda péssimo". Enquanto alguns dos demais europeus se ofendiam com a atitude despreocupada e evasiva de Kurt em relação aos nazistas em casa, Oskar realmente o perdoou, e uma amizade se forjou. Com ao menos um amigo, algumas idéias novas e um otimismo geral quanto ao seu futuro na América, Kurt estava de ótimo humor. Mesmo antes do novo amigo, das idéias e de seu otimismo razoável, Kurt esteve de bom humor desde o momento em que viu Manhattan assomar sobre a amurada do navio. O bom humor durou até que praticamente um mês inteiro houvesse decorrido.

O segundo acontecimento nos dominós de causa e efeito cadentes que o levaram a assinar o livro na entrada do sanatório foi mais nebuloso. Desenvolveu-se no instituto, durante um colóquio semanal que costumava ser totalmente normal. Ele se sentava numa típica cadeira escolar de madeira aparafusada no chão sólido, quase no alto dos degraus estreitos e íngremes que conduziam ao pódio e à moldura dos quadros verdes. Aquilo parecia um morro amarelo com cadeiras de madeira no lugar de relva seca, com pessoas espalhadas descuidadamente pelos assentos. Gödel pegou um lugar na extremidade de uma fileira vazia. Suas pernas finas, cruzadas à sua frente, criaram uma barreira acidental, angulosa, desencorajando qualquer um de tentar ocupar o grupo de assentos vazios ao lado dele.

Ele achava aqueles colóquios humilhantes. Todos riam das piadas idiotas do orador. Todos batiam papo loucamente antes das observações iniciais formais — batiam papo como velhos amigos. Todos pareciam estar colaborando, trabalhando nos mesmos problemas, arrebatados pela mesma corrente, ao passo que ele estagnava e os observava passando alegres por ele. Jovens recém-chegados ao instituto avançavam facilmente, ao passo que ele se sentia isolado, invisível. Em geral não era dado à amargura, mas o mundo reluzente e ambicioso representado nas conversas animadas, a uniformidade dos temas dos seminários e dos oradores, a coesão da unidade acadêmica ampliavam seu isolamento e insegurança. Pior de tudo, o acordo tácito entre os demais — a equipe que naturalmente se organizava sem ele — ampliava uma sensação terrivelmente próxima do fracasso, fazendo borbulharem seus ácidos estomacais e agitando sua bile. Foi então que percebeu, com um profundo desespero e certeza, que ele nunca se adaptaria ali.

Seu otimismo inicial ao chegar ao Novo Mundo só serviu para aumentar a altura de sua queda, à medida que o isolamento o desorientou. Ele não era nada, ninguém, era insignificante. Um acadêmico temporário na América com um estipêndio que tinha que ser anualmente renovado. Nenhum cargo permanente em oferta. Nem na Europa nem em Princeton. Ele se forçou a admitir que não obteria o respeito dos colegas, embora fingisse não precisar dele. O constrangimento o fazia encolher-se. Cobria a cabeça pendente com ambas as mãos para se confortar por alguns minutos, antes de se endireitar de volta na sala, como que apenas lembrando seu ambiente atual, o brilho insuportável de sucesso reunido para o colóquio.

Sua caminhada de volta para casa no ar fresco de Princeton proporcionava uma trégua à sua tristeza implacável, mas o alívio era curto quando encarava seu quarto de solteiro e o banheiro compartilhado em seu alojamento dolorosamente solitário. Naquela noite após o colóquio no salão repleto de vencedores em seus suéteres, deitou-se de bruços na cama e entregou os pontos, o terceiro evento em sua aproximação da órbita descendente, mais decisivo do que o segundo: uma depressão repentina e completa. Foi visceral e nada abstrata. Sentiu seu começo mais precisamente do que o princípio inequívoco de uma congestão nasal. Primeiro seu metabolismo reduziu a atividade. A pressão arterial diminuiu, a respiração ficou mais lenta e os músculos se enfraqueceram. Caiu numa desolação tão árida que não tinha entusiasmo nem para soluçar. Mas no declínio houve uns poucos minutos de solidez em que se sentiu exatamente como imaginava que as outras pessoas devem habitualmente se sentir. Foi apenas uma pausa temporária durante seu declínio, um descanso permitindo um vislumbre da paisagem antes de passar: não brilhante demais, não dramática demais, mas tampouco odiosamente insípida. Simplesmente revigorante e clara e suportável. Depois a contracorrente puxou e ele afundou pesadamente num miasma viscoso, a pressão tão impositiva que ele se perguntou por que ninguém mais conseguia ver a substância de seu tormento.

Nas semanas seguintes, mesmo os poucos amigos que ele fizera foram forçados a ficar a uma distância segura, enquanto a depressão o devastava como um incêndio tardio numa floresta ressecada. Oskar em particular viu-se impotentemente lançando lugares-comuns na loucura de Kurt, como punhados fracos de água numa tempestade de chamas. Os médicos americanos enviaram-no de volta a Viena ante a iminência de um colapso nervoso. "Mandem-no para casa", aconselharam. "Vedem-no. Deixem-no falar alemão com uma família que possa mantê-lo coeso, antes que a represa estoure e a paranóia o afogue." Seu *fellowship* em Princeton começara havia apenas dois meses, mas não adiantava protestar. Ele não estava bem. Precisava estar em casa. Precisava de Adele. De modo que abriu mão do estipêndio, do quarto alugado e de um último apego hesitante à materialidade.

Kurt partiu no *Champlain* numa sexta-feira, atravessando o Atlântico para chegar em Le Havre em poucos dias. Dali viajaria de trem a Paris, onde faria a conexão para Viena — para seu irmão, para sua mãe, para sua Adele secreta. Oskar disse em voz alta para a figura esquelética que embarcou no navio: "Você ficará bom". Mas sabia que era mentira e, assim que deu as costas, rompeu a promessa. Lutou para enviar este telegrama ao irmão de Kurt:

> O dr. Gödel retorna à Europa a bordo do *Champlain* PT Sofrendo doença nervosa PT Tema o pior PT

Ao ditar o telegrama, enfatizava cada "PT", desejando poder proferir o mesmo comando para a pilha de nervos que deixara na doca. Ponto final. Pelo amor de Deus, ponto final.

O quarto evento foi a viagem através do Atlântico, não muito longe do horror total, um turbilhão devastador preto que o cuspiu na praia, náufrago demente que rompeu com a realidade. Sobre aquela viagem enjoativa não há mais nada a informar, exceto que o irmão não foi recebê-lo em Paris, ignorando o telegrama de Oskar e os telefonemas suplicantes de Kurt. Ele se escondeu num hotel pequeno com quartos de solteiro próximo da estação ferroviária, aterrorizado com a moça da recepção, com sua silhueta contra as chaves penduradas, uma chuva congelada de latão. Ele desejava morrer, mas a obsessão anatômica com a preservação de sua carne mortal foi uma sedução ainda mais profunda — ao menos por algum tempo. O equilíbrio delicado inclinando-se a favor da vida, mas de forma instável. Seu suicídio seria lento, torturante, inimaginável. Seria o único desenlace possível destes dois impulsos de igual força: o impasse derradeiro entre a determinação de viver e a determinação de morrer.

Após três dias de tentativas fracassadas, conseguiu embarcar num trem para Viena. Adele aguardava-o na plataforma da estação, segurando uma bolsa na frente do corpo com as duas mãos. "Venha, Kurtele, preparei sopa." Embora vergonhosamente desanimado, ele resistiu por alguns meses sob os cuidados de Adele antes do quinto e pior acontecimento. O assassinato de Moritz.

Na manhã de sua morte, Moritz deixou sua casa mais tarde do que de costume, saindo de costas pela porta enquanto se despedia da esposa. Havia sido surpreendido por uma crise com Wittgenstein. Tendo escolhido mal as palavras numa discussão acalorada na noite anterior, quase se indispôs totalmente com o homem, e passou grande parte do meio da noite tentando atenuar o princípio de uma desavença. Apesar de ter dormido pouco, acordado tarde e perdido o café-da-manhã, Moritz sentia-se grato por ser a única pessoa que Wittgenstein continuara vendo durante seus meses de reclusão quase total. Por outro lado, havia dias em que era inacessível, quando sua fúria se ocultava, junto com suas idéias. Nesses períodos, Moritz podia passar seus encontros fitando, nervoso, as costas de Wittgenstein, enquanto este olhava para a parede de uma das grandes salas de estar da mansão de sua família, decorada para a declamação de poesia (textos místicos, pasmem, do poeta indiano Rabindranath Tagore). Moritz, um homem em geral esperto e confiante, sentia-se interiormente constrangido pelo fato óbvio de não estar percebendo algum ponto fundamental. Wittgenstein certa vez disse: "Você me recorda alguém que está olhando por uma janela fechada e não consegue explicar a si mesmo os movimentos estranhos de um transeunte. Ele não sabe que tipo de tempestade está desabando lá fora e que talvez aquela pessoa apenas com grande esforço esteja conseguindo se manter de pé".[8]

Moritz estava tão enfeitiçado por Wittgenstein que vivia se deslocando por Viena como um alucinado para qualquer encontro possível com ele, já que o filósofo mudava o local aleatoriamente, sem se preocupar com os percursos trabalhosos que isso poderia exigir. Moritz muitas vezes levava seu assistente, um acadêmico mal remunerado que abrigava a família num apartamento de dois quartos na Fruchtgasse, em cima do de uma família tcheca de cinco pessoas, num bairro judaico apinhado do lado errado do canal do Danúbio, só para vê-lo ser humilhado. Apesar das tendências ascéticas — como viver sozinho numa cabana na Noruega, ensinar gramática a filhos de camponeses, livrando-se de inúmeras maneiras da riqueza obscena da família —, Wittgenstein cultivava um desprezo exacerbado pelo assistente de Moritz e por sua pobreza abjeta, aversão que não fazia nenhum esforço para ocultar ou atenuar. Os ancestrais judeus de Wittgenstein tinham se convertido ao catolicismo gerações antes, e duas vezes ele perguntou, zombeteiro, a um constrangido Moritz: "Este judeu é realmente praticante?".

Sozinho ou com o assistente como isca, Moritz coletava idéias assim como o orvalho que se condensava e gotejava das mangas do homem, às vezes exercendo a tarefa humilhante de secar o orvalho quando este relutava em cair, de modo que se sentia, incrédulo, como uma espécie de criado.

Embora a frustração de Wittgenstein com Moritz ou, melhor, com o mundo inteiro muitas vezes explodisse violentamente, Moritz suportava os acessos de raiva e a volubilidade com paciência característica. Se alguma pressão era aparente, era apenas na forma de uma demonstração exagerada daquela paciência intrinsecamente grandiosa, distorcendo-a na direção da subserviência. Moritz via que Wittgenstein não era louco, nem intimidador. Era atormentado, frágil até, às vezes se rompendo como uma casca de ovo. Desse modo, Moritz conseguia não se sentir magoado com as ferroadas cada vez mais freqüentes. Exteriormente, exibia a serenidade de sempre, e até parecia feliz. Assim foi no dia de seu assassinato: estava sereno e feliz.

Naquela manhã, como fizera todas as manhãs de que conseguia se lembrar, arrumou a gravata com um nó imaculado no meio da garganta entre colarinhos engomados, uma dobra perfeita sob lapelas amplas, sobreposta por sua vez a um colete feito sob medida. Atrasado para sua aula de encerramento do semestre, Moritz atravessou a *Strasse*, transpôs às pressas a entrada grandiosa da universidade e, alegremente, subiu saltitante as escadas rumo à sua sala de conferências. Em seu tom baixo e monótono, dedicou muitas palestras à causalidade, ao infinito, ao livre-arbítrio. E, embora faltasse carisma ao seu estilo oratório, ele era sério, informativo e gentil. Inspirava fidelidade a toda a turma — menos a um. Aquele de olhos mortos. "Ele não é livre", Moritz pensava. Assombrava-se com a futilidade dos preparativos da semana, o plano de aula como um fluxo casual de fumaça de charuto soprada negligentemente na ventania. Todos os acontecimentos são postos em movimento, cada um desencadeando outros, até que esse acontecimento golpeie tão compulsório como a batida de um relógio perfeitamente regulado, o aperto do gatilho predeterminado.

Durante seu trajeto ligeiro até a classe, refletiu sobre o papel da mecânica quântica. Ao final da palestra, será que deveria reabrir toda a questão fazendo referência à aleatoriedade quântica? Seu argumento contra o livre-arbítrio, um sufocamento do livre-arbítrio pelas mãos do determinismo, era tão firme, tão clara e convincentemente executado. Deveria desemaranhá-lo completamente ao final, puxando o fio solto do indeterminismo quântico? O acaso é uma falsa esperança de qualquer modo, uma perturbação oca à qual os estudantes podem se agarrar, protelando a aceitação dos fatos. O acaso não é o livre-arbítrio.

Ele subiu a escada observando os próprios pés, ainda indeciso e assombrado com a sensação, como se fosse exercer uma escolha. Seus sapatos pretos dominaram seus olhos, até que outro par de pés eclipsou-lhe a visão do chão. Como que envolvido num pensamento contínuo e uniforme — a conclusão lógica de seu dilema, a demonstração da correção de seus argumentos —, sua cabeça elevou-se para encarar os lábios dementes, os cabelos revoltos, os nós dos dedos apertando dolorosamente o revólver de metal escuro, para concluir: "Ele não é livre".

No alto da escada, ficou contrariado ao ver seu caçador bloqueando o caminho. Um rapaz sinistro, esquelético e cruel, com imaginação fértil de esquizofrênico. "Eu não deveria ter dispensado meu guarda-costas", Moritz pensou. Quando soubera da alucinação de ciúmes de seu aluno demente (envolvendo Moritz em um encontro amoroso tórrido e imaginário com uma aluna chamada Sylvia), ele tinha apelado para o bom senso, o apoio afável, a orientação e a gentileza. Mas, mesmo com toda a sua boa vontade e seu esforço genuíno, o rosto deformado e feio de seu atacante não melhorou. A mutação firme do rapaz em um jovem nazista mal aliviou as próprias ansiedades de Moritz. O cabelo do rapaz era cortado tão rente às orelhas que parecia raspado numa faixa completa ao redor da cabeça. O restante era liso, repartido do lado, e eriçado sobre sua cabeça num amplo cilindro, permitindo que um cordão preto pendesse sobre sua testa e balançasse no canto de sua sobrancelha direita. Os olhos pareciam anormalmente próximos um do outro, e ele parecia rancoroso sob a projeção estúpida de seus cílios. Era patética sua imitação do Führer, exceto pelo fato de o cabelo do rapaz estar repartido do lado oposto e não estar tão preso à cabeça, e sim elevado para fora da sutura, pousando numa grande inchação redonda.

As ligações telefônicas selvagens e rancorosas perturbavam o lar de Moritz noite após noite, o telefone desenvolvendo um toque assustador. Duas vezes o agressor raivoso havia sido internado à força em enfermarias psiquiátricas. Mas depois ele voltava, dia após dia aninhado em meio aos rostos humanos de rapazes e moças na turma de Moritz, fitando como a própria morte com olhos mortos, olhos mortos e estúpidos.

Houve um tiro no coração. Dois. Depois uma bala em seus intestinos e outra na perna. O rapaz pairava sobre ele, bloqueando a luz da manhã. "Tome isto, seu maldito canalha." Ele atirou quatro vezes, abrindo buracos na carne de Moritz. "Tome isto." Aos cinqüenta e quatro anos, Moritz tombou, contraído e morto numa poça bonita de sangue vermelho-vivo. O olhar de choque e pressentimento desvaneceu-se de seu rosto quando ele caiu e danificou o queixo sem vida no chão de pedra.

Enquanto o sangue jorrava de seu coração despedaçado no ar livre e seu cérebro sufocava, todos aqueles pensamentos incompletos sobre Wittgenstein desintegraram-se com os neurônios que morriam. Conexões neurais na matéria cinzenta armazenando lembranças e idéias, em suas configurações ordenadas, deflagradas através das lacunas, dos últimos suspiros de vida mental. Pensamentos sobre Verdade e Vontade foram apagados como carne amolecida no alabastro, nada mais que um fruto humano apodrecendo.

Em seu quarto tranqüilo no sanatório, com a janela estreita dando para o grande gramado bem-cuidado, Gödel permanecia sozinho, curvado e imóvel, e se indagava: Aonde ele foi? Onde está Moritz?

O que significa dizer que Moritz viveu no passado? Nada. O passado não existe. A noção de um passado refere-se a uma lembrança insignificante e frágil, incompleta e falha. Moritz morreu. Ele se perdeu, com exceção de fragmentos nas mentes daqueles que têm andado pelo globo desde sua morte. O Círculo de Viena morreu com ele no momento em que as manchetes condenaram Moritz Schlick como um simpatizante dos judeus que recebeu o justo castigo, no alto da escadaria da Universidade de Viena, das mãos de um herói pangermanista que, com toda razão, matou aquele filósofo judeu. Moritz era protestante. Os fatos do mundo estão encerrados nas mentes. As pessoas ostentam uma fachada. Toda a realidade continua atrás de seus olhos, e ali residem planos secretos e agendas ocultas. Um alcatrão de falsos motivos e intenções. A verdade espancada. Porque o passado não existe exceto como um fragmento esfarrapado nas mentes mais fracas da maioria. Moritz certa vez inventou um lugar e uma época em que as coisas se afiguravam mais sólidas, mais convincentes. Um lugar onde Kurt parece lembrar que era bem-vindo. Onde está Moritz, que poderia — tivessem ambos sido um pouquinho diferentes — ter sido como um pai para Kurt? Nenhures. Ele não é real.

Viena, 1938

Um Gödel bem recuperado agita um envelope aberto sobre a mesa onde está dobrada uma carta que anuncia a suspensão de seus privilégios docentes, devido à sua associação anterior com Moritz e diversos acadêmicos judeus. Essa provação o irritou, levando-o a uma conversa séria com Adele, usando-a como um fórum para sua queixa, que ele expôs em detalhes legalísticos. Quando ele encerrou sua argumentação com uma conclusão final que sabia ser logicamente impecável, uma argumentação que ele esperava viesse a persuadir as autoridades a restabelecerem sua posição na universidade, bateu com os nós dos dedos na cadeira para dar sorte.

"Superstição dá azar", Adele advertiu.[9]

Era estatisticamente improvável, ele pensou, mas não impossível que Adele tivesse reinventado a frase que ele já ouvira em algum lugar. "Onde você ouviu essa expressão?"

"Do que você está falando? Eu inventei."

Estatisticamente improvável, o pensamento se repetiu, mas não impossível. Apesar da advertência de Adele, voltou a bater na madeira e repetiu toda a explicação, sem esquecer nenhum pormenor. Quando Adele enfim se cansa dos detalhes revisitados de sua refutação, ele se junta aos amigos no café para agitar o envelope aberto sobre a mesa e soprar o açúcar espalhado formando pequenas dunas. Otto e Olga ouvem o jargão legal com expressões um tanto tensas.

Ao absorverem sabores familiares via fumaça e líquido, seus amigos já sentem nostalgia de um lar que, eles sabem, não têm outra opção senão deixar. Em rajadas vivas, Otto descreve para Kurt — e para Olga, que só podia imaginar a impressão visual que a multidão deve ter dado — as centenas de milhares de pessoas aglomeradas na Heldenplatz mês passado para ouvir o Führer.

"Ele parecia um pouco efeminado na maneira como lançava a mão frouxamente para trás para aceitar a continência", Otto narra à sua mulher, ainda sentindo a pressão intensa da multidão. "Estava ridículo. A cabeça balançando, e aqueles gestos estranhos com as mãos abertas de ambos os lados do rosto bigodudo agitado." Otto segura a mão dela com essa débil tentativa de diminuir o oceano esmagador de esplendor nazista que presenciou.

"Olga, eles usam vermelho. Vermelho em fundo preto. Roubaram nossa cor. Roubaram nossos amigos. Todo mundo foi ou está indo embora. Wittgenstein partiu para a Inglaterra, e sua família deu entrada num pedido de baixa de classificação racial. Sob as novas leis, são considerados judeus. E, após uma pausa momentânea e quase constrangida, acrescenta: "Ficaremos tão solitários aqui que sou forçado até a sentir falta de Wittgenstein".

Kurt aprecia a descrição da exibição monstruosa, mas não parece apropriadamente afetado, como se Otto estivesse descrevendo um filme estranho e impossível, não o destino de sua própria pátria. "Revogaram meus privilégios docentes. Não sou judeu, portanto tecnicamente eles não têm fundamento para agir contra mim."

Olga o interrompe com irritação: "Kurt, não é bem disso que se trata".

E Otto intervém também: "*Mataram* Moritz, Kurt". Ele quase grita: "O nosso Moritz".

Kurt não cede, oferecendo-lhes mais indícios de documentos que defendem sua posição, mesmo ante a nova ordem social que vai ganhando força à volta deles. Otto bebe ruidosamente sua cafeína, contrariado, e Olga dá as costas. Ficam calados por longos minutos, até que Kurt pergunta: "Olga, Moritz me perdoou?".

Após duas tragadas profundas no seu charuto, Olga encontra paciência para retornar à conversa, e a curiosidade para perguntar: "Perdoou você? Não sei direito o que você quer dizer".

"Ele nunca...", mas não sabe como terminar. Ajeita os óculos. "Ele nunca disse uma palavra sobre os meus teoremas."

"Ah, isso."

Os olhos de Olga procuram Kurt, mas não conseguem encontrar. A imagem de Kurt é um desenho rápido congelado nos vinte anos. Otto ofereceu a descrição anos atrás, uma caricatura impaciente. Grandes óculos redondos pretos. Magro. Muito magro, mas com uma cabeça redonda. Cabelos cheios. Ele acrescentou a mancha escura sob os olhos, atrás da armação dos óculos, como um detalhe inesperado mas muito apreciado.

"Foi difícil para ele aceitar seu teorema da incompletude. Foi difícil para todos nós, para cada matemático vivo. Mas por outro lado Moritz sempre soube que suas crenças não importavam. O que importa é a verdade. E de algum modo você a encontrou escondida onde nenhum de nós conseguia ver. Todos acabamos percebendo que a matemática continua impecável: sem paradoxos, sem contradições, apenas certas verdades que não podem ser provadas. Não é tão mal assim. Podemos conviver com isso. Ele podia conviver com isso."

"Aquilo foi um acontecimento, Kurt. A expressão de Moritz..." O sorriso generoso de Otto é obscurecido atrás do punho em que apóia seus urros. Ele afasta o punho e golpeia o ar enquanto dá uma risada. "Nosso pobre Moritz. Adorei aquela noite. Moritz precisava de um pequeno conflito para sacudi-lo daquele devaneio induzido por Wittgenstein. Mas tenho que confessar: achei que você estivesse errado." Ele esfrega o peito com sua mão pesada como se fosse ali que as lembranças estivessem guardadas. "Realmente pensei que você estivesse errado."

"Pensou mesmo, não foi?", Olga gira sua xícara no pires enquanto relembra. "Eu própria me preocupei desde o princípio. Kurt, você nos assustou. Foi difícil para nós por algum tempo, pode crer. Se nem a matemática é completa, o que poderíamos esperar de nossas filosofias, de nossas ciências, exatamente das coisas que deveriam ser a nossa salvação? As bóias a que nos agarramos — talvez, eu admitiria agora, com um desespero exagerado — foram retiradas." Ela se reclina em Otto e segura o charuto aceso perto do peito. "E eis que as nossas esperanças estão sendo novamente esmagadas. Antes eu acreditava que, quando ficasse mais velha, chegaria a algum tipo de conclusão, alguma resolução tranqüilizadora, e a inquietação acabaria. Eu descobriria algo definitivo, e as dúvidas se dissipariam. Mas isso jamais acontecerá. Mesmo agora aceito que teremos que deixar Viena. Meu coração está martelando. Meus pulmões estão funcionando. Estou cheia de perguntas, mudando neste exato segundo, afetada por meus próprios pensamentos, nunca encerrados, nunca resolvidos. Queríamos construir visões de mundo completas, teorias e filosofias completas e consistentes, soluções perfeitas onde tudo encontrasse o seu lugar. Mas não podemos. As meninas que ouço brincando no parque quando vou caminhando para o instituto, a velha mulher vizinha nossa que logo morrerá, nosso próprio círculo, todos apreciamos uma solução, um final gratificante, a completude e unidade, mas estamos cercados de incompletude. Foi difícil para nós, aquilo que você provou. Mas você estava certo, e Moritz aceitou isso, Kurt, Moritz admirava você. Tinha orgulho de você."

Com esse pensamento, Kurt levanta-se abruptamente para sair. Diz adeus aos amigos e, embora já meio de lado, acrescenta: "Talvez eu emigre para os Estados Unidos".

"Você também?", Otto o chama, mas Kurt não responde.

Kurt encontra-se com Adele, como planejado, num banco de parque duas ruas depois do café. Parecem suspensos no tempo enquanto os observo. Adele parece distraída pelas meninas no parque. Gödel está imóvel como pedra.

Eles deixam o banco rumo à universidade para Kurt submeter sua resposta formal e primorosamente pensada à sua suspensão. Ele a detém a cada passo na entrada da universidade para apresentar sua argumentação. Três rapazes atacam-no em sua subida hesitante das escadas. Trajam camisas e gravatas marrons, com suásticas nos braços e tiras de couro atravessadas no peito presas em cintos de couro. Parecem ajaezados como mulas imbecis. Kurt grita para Adele. Serão seus óculos? Seus óculos fazem com que pareça judeu? Eles o espancam e chutam, até não agüentarem mais os golpes impiedosos de Adele, que brande um guarda-chuva perigoso. Um dos nazistas está apropriadamente ferido. Depois que os atacantes fogem dos golpes de Adele, ela acalma Kurt, arruma seus cabelos de volta para trás, e praticamente o carrega para casa para cuidados. Ali ela o lava com água fresca e ungüentos, acaricia suas costas sensíveis, e cantarola a fim de acalmar-lhe os nervos abalados. "Você viu", ela sussurra, "superstição dá azar."

Dentro de um mês, Kurt deixa a Europa para sempre, viajando aos Estados Unidos de navio, navegando ao redor do mundo, pelo Japão, pela gloriosa Califórnia, para retornar à verde e bonita Princeton, Nova Jersey. Outra coisa é notável nessa viagem. Dessa vez não está viajando para a América sozinho. Agora ele leva sua defesa — aquela que é agora sua esposa, Adele.

Nova York

Aproximo-me de um homem e uma mulher num banco de jardim. Os óculos dele, a bolsa dela, o guarda-chuva dela. Estão imóveis como pedra. Estão à minha frente e então, após uns poucos passos, transponho o banco pintado de verde e pés de concreto. Viro para observá-los, mas eles são arrebatados pelo tempo, incapazes de parar, arrastados para longe junto com a rua e o vento.

Vejo-os por toda parte, meus dois loucos tesouros. Um homem elegante de chapéu com uma mulher talentosa e atarracada do lado. Um menino solitário de cabelos negros com um passo largo peculiar. Olho bancos e ruas, lógica e código. Olho a forma da verdade nua e crua. Verdade que vive independentemente de nós, que existe lá fora no mundo. Dura e impassível. Estou pronta para aceitar a verdade, por mais alarmante que se revele. Mesmo que prove a incompletude e os limites da razão humana. Mesmo que prove que não somos livres.

Elas estão aqui em nossas mentes, as jóias luminescentes de Turing, as formas platônicas de Gödel. Não há hierarquias sociais para escalar. Nenhuma barreira racial. Dadas a nós junto com nossos cérebros. Embutidas na estrutura de nossos pensamentos: nenhuma coação à fé cega, nenhuma ameaça de danação eterna, apenas honestidade, verdade e razão.

Estou aqui no meio de uma história inacabada. Antes eu acreditava que um dia chegaria a algum tipo de conclusão, alguma resolução tranqüilizadora, e a inquietação acabaria. Mas isso jamais acontecerá. Mesmo agora estou indo rumo a um trem. Meu coração está martelando. Meus pulmões estão funcionando. Existem um homem, uma mulher, um banco, os óculos, os cabelos lisos, um guarda-chuva. Somos todos capturados pelo fluxo de um legado complicado: uma prova dos limites da razão humana, uma prova de nossa infinidade. Uma declaração de que estávamos aqui embaixo neste planeta apinhado e solitário, uma declaração de que importávamos, nós, conglomerados vivos de cinzas, de que cada um de nós foi certa vez alguém, de que lutamos pelo que nunca conseguiríamos ter, de que conseguimos admitir aquilo. Assim fomos nós — engraçados e detestáveis e grandes ao mesmo tempo.

Cambridge, 1939

Alan permaneceu em Londres na noite de ontem, num pequeno quarto de solteiro de um hotel com uma janela com vista para St. James's Square, após uma tarde passada no quartel-general da Government Code and Cypher School, uma divisão do serviço secreto. Se lhe fosse permitido contar a alguém, como sua mãe ou seus amigos, ninguém ficaria mais surpreso do que ele próprio ao ver-se envolvido com o governo de Sua Majestade. Sua própria mãe o considera brilhante, mas talvez um tanto inútil. E ele não sente mais generosidade para com conformistas, como imagina que sejam os membros do serviço secreto, do que estes sentem para com ele. Certa vez chegou a aderir ao Conselho Antiguerra. Mas, quando um dos professores de Cambridge, que tivera ligações discretas com certas organizações militares durante a Grande Guerra, por acaso ouviu Alan discutir uma solução lúdica para o código e a cifra mais geral (Quem é que *não* ouviu aquele gaguejar estrondoso na mesa principal?), Alan chamou a atenção do governo de Sua Majestade. O trabalho de decifrar mensagens do inimigo requer matemáticos, não soldados, de sorte que Alan foi recrutado. Ele cogitou em declinar o convite confidencial, mas em poucos minutos percebeu que não conseguia resistir aos quebra-cabeças prometidos. Se vai haver uma guerra, Alan tem de pensar em qual será seu papel nela. O convite e sua aceitação formam o princípio de uma resposta um tanto irrefletida a essa pergunta.

Ficou surpreso ao ver um colega de filologia clássica do King's no curso de treinamento. Uma vez que os participantes tinham de proteger o sigilo da sessão, sentiu-se envolvido pela familiaridade, como se já tivesse vazado informações confidenciais no momento do reconhecimento mútuo. Deixaram o curso juntos já marcados pelo conhecimento e forjaram um vínculo de sigilo mais forte dando umas voltas ao redor de St. James's Square até altas horas da noite, enquanto Alan chutava pingos de água doce dos talos de grama. Conversavam enquanto se moviam, como que temendo permanecer parados, como que impelindo a Terra inteira ao redor de seu eixo com seus passos fortes, como que temerosos das conseqüências ecológicas caso parassem. Discutiram a fissão nuclear e um isótopo instável do urânio. Discutiram o potencial de uma reação em cadeia e os cálculos envolvidos. Terminada a conversa, estavam cansados demais para discutir as implicações e cansados demais para dormir. Cada qual se quedou à luz fraca de sua própria janela depois que se retiraram para seus quartos separados. Se você estivesse em St. James's Square naquele momento e erguesse o olhar para o hotel, teria a impressão de que estavam quase lado a lado.

Viajaram juntos no trem de volta a Cambridge, mas em silêncio. Sem conversar, ambos optaram por percorrer a pé o longo caminho de volta à faculdade. Quando margeavam o centro da cidade, Alan divisou Ludwig Wittgenstein, o mais famoso exilado recente de Cambridge e atual professor de filosofia. Wittgenstein estava parado na esquina falando com outro homem.

Ambos seguravam sobretudos dobrados nos antebraços. Alan teve a impressão de ver suas mãos se tocando. Não dava para ouvir o que estavam dizendo, mas, como havia faltado à aula de Wittgenstein naquele dia, não queria ser visto. Agarrando o colega pela manga do casaco, Alan arrastou-o por uma ruela para se dirigirem, por um caminho mais tortuoso, mas despercebidos, à proteção de seus alojamentos, onde ele poderia começar um experimento infinito tirando cara ou coroa com uma moeda.

Wittgenstein insistiu que Alan prestasse juramento ao seu curso sobre Fundamentos da Matemática. Estritamente falando, o juramento era ao curso, não ao próprio Wittgenstein, embora parecesse a mesma coisa. Alan fez o juramento, assim como os outros quinze participantes, mas mesmo assim faltou à aula daquela manhã.

"Como Turing está ausente, a discussão de hoje será um tanto parentética", Wittgenstein disse quando os minutos decorreram e a violação do juramento tornou-se evidente. Turing tornou-se o foco da campanha do filósofo para extrair a idolatria pela ciência dos olhos das pessoas, de modo que seu curso sobre matemática se tornou um debate animado entre eles. Alan não está acostumado aos métodos filosóficos de argumentação. O curso que Alan ministra, embora por acaso tenha o mesmo título, é uma aula vigorosa de métodos matemáticos, uma demonstração impressionante de manipulações lógicas de símbolos, praticamente opondo-se ao de Wittgenstein em todos os aspectos. Mesmo assim, Alan se esforça ao máximo para defender a matemática no curso de Wittgenstein, e tenta adotar uma forma de discurso mais filosófica.

A aula anterior a que compareceu começou quando o pé de Alan cruzou o limiar da porta (cinco minutos atrasado) e Wittgenstein dirigiu-se a ele como se continuasse uma discussão particular. Ele costuma tratar as pessoas como livros, abrindo numa página e pondo-as de lado, até que resolve consultar um ponto no papel. "Pense no caso do Mentiroso", ele disse, enquanto Alan corria entre as cadeiras. E este diálogo entre Alan e Wittgenstein se seguiu.[10]

"Pense no caso do Mentiroso", Wittgenstein disse. "É muito estranho, de certo modo, que isso possa ter intrigado alguém; bem mais extraordinário do que você possa pensar: isso pode ser algo que preocupe os seres humanos. Ora, a coisa funciona assim: se um homem diz 'estou mentindo', dizemos que se segue que ele não está mentindo, do que se segue que ele está mentindo, e assim por diante. Bem, e daí? Você pode prosseguir assim até não agüentar mais. Por que não? Não importa. Um homem diz: 'Estou mentindo', e eu digo: 'Logo, você não está, logo, você está, logo, você não está...'. O que há de errado? Nada. Exceto pelo fato de que isso não serve para nada; não passa de um jogo de linguagem inútil, e por que alguém deve se importar?"

TURING: "O que intriga é que geralmente se usa uma contradição como um critério que indica ter feito algo errado. Mas, nesse caso, você não consegue encontrar nada feito errado".

WITTGENSTEIN: "Sim — e mais: nada foi feito errado. De onde virá o dano?".

TURING: "O verdadeiro dano só virá se houver uma aplicação, caso em que uma ponte poderá desabar ou algo semelhante".

WITTGENSTEIN: "Ah, esta idéia de uma ponte desabando, se há uma contradição, é de extrema importância. Mas sou burro demais para começar isso agora; fica para outra ocasião".

Em seu blazer amarfanhado e meias de cores diferentes, Alan mudou de posição para ficar mais alto na cadeira e persiste: "A preocupação maior é que isso não aconteça na matemática. Mas algo assim acontece, como Gödel demonstrou".

WITTGENSTEIN: "A pergunta é: por que as pessoas têm medo de contradições? É fácil entender por que deveriam ter medo de contradições em ordens, descrições etc., fora da matemática. A pergunta é: por que devem ter medo de contradições dentro da matemática? Turing diz: 'Porque algo pode dar errado com a aplicação'. Mas nada precisa sair errado. E se algo der errado — se a ponte desmoronar — então seu erro foi daqueles em que se usa uma lei natural errada".

TURING: "Estritamente falando, não há *contradições* na matemática. O que ocorre é que a matemática é incompleta. Há fatos entre os números que nunca podemos decidir se são verdadeiros ou falsos".

WITTGENSTEIN: "E daí? Qual seria a importância?".

TURING: "Significa que nem todo problema bem formulado tem uma solução. Não podemos saber tudo". Ele deu de ombros enquanto olhava para a turma de alunos que o fitavam ao redor.

Wittgenstein não seguiu essa direção. Não explicou como suas opiniões haviam mudado (no *Tractatus*, ele sustentara a tese de que todo problema bem formulado tem *necessariamente* uma solução), ou por que haviam mudado, ou mesmo se haviam realmente mudado. Pelo contrário, seguiu-se uma digressão confusa após a qual ele voltou ao argumento: "Talvez estejamos excessivamente impressionados com o Paradoxo do Mentiroso, com os teoremas de Gödel, com os números incomputáveis de Turing porque estamos confusos sobre o *significado das palavras*. Quando você diz que a proposição é *verdadeira*, o que você realmente quer dizer com a palavra *verdadeira*? Em qual sistema? Será o sentido?".

Assim o debate foi se exaurindo até terminar abruptamente, e de forma um tanto ambígua, quando Alan disse: "Entendo seu ponto", e Wittgenstein gritou: "Não tenho nenhum ponto!".

Wittgenstein parou junto à janela, permitindo que um silêncio ultrajante se acumulasse. Finalmente prosseguiu em tom ardente: "Não há diferença de opinião. Obviamente o ponto todo é que não tenho opinião". E aí, menos intensamente, mas não menos misteriosamente para Alan: "A única possibilidade é que diferimos em nosso uso de certas palavras".

Distinguindo um fio escuro contra as nuvens cinzas, o olhar de Wittgenstein interceptou um pássaro que saiu da formação. O pássaro continuou flutuando bem depois que os outros haviam aterrissado. Wittgenstein pôde ver sob as asas até que uma ondulação do ar revelou as penas pretas de suas costas.

De sua cadeira nos fundos da classe, Alan viu o pássaro de um ângulo diferente: seu lado esquerdo, uma falha nas penas, um bico em perfil. Ao examinar o vôo solitário do pássaro, viu que o propósito do pássaro é voar. Seu cérebro executava uma lista de instruções e suas asas, peito e pés coordenavam suas tarefas mecânicas. O pássaro coletava luz com os olhos, detectava o vento com as penas, localizava o resto do bando ou o perdia. O pássaro difere de Alan apenas em grau. O pássaro é uma máquina. Não tem alma. Nem espírito. Mas tem um propósito. O pássaro lembrou-lhe que nem ele, nem Wittgenstein, nem nenhuma outra pessoa é tão importante. Esse não é um sentimento amargurado. Ele consegue encontrar aí propósito e prazer e até sentido às vezes. Quando isso acontece, é como o pássaro que encontra o ar e canta. Ele é tão importante quanto aquele pássaro.

Na privacidade irrevogável dos próprios pensamentos, Wittgenstein argumentou silenciosamente contra a admiração de Turing pela matemática, contra sua perspectiva mecanicista. Postou-se à janela em sua jaqueta de couro, seus cabelos eriçados como que capturados por uma ventania que penetrasse pelas paredes e pelo vidro. Seus pés estavam firmemente fixados para contrabalançar a inclinação da cabeça enquanto tentava seguir a trajetória do pássaro solitário, enquanto o céu se enchia do resto do bando. Quando menino, seu coração disparava à visão mesmo do pássaro mais modesto e surrado. Tentava dizer seus nomes, atribuir-lhes uma palavra, antes que suas funções vocais e motoras fossem realmente capazes. Um som gutural, não o chilrear de uma pomba. Muito depois de aprender a palavra familiar *Vogel*, continuava lutando contra o impulso de emitir aquele som gutural cada vez que observava um pássaro se afastando dele e de seu som pesado, já que estavam presos à terra.

Quando criança, Wittgenstein sonhava voar. Começou com idéias aeronáuticas, depois sonhos insaciáveis e puros de voar. Quando menino, o apelo de suas engenhocas aerodinâmicas artesanais provocava tensão física. Primeiro não eram aviões de verdade, apenas varetas de madeira e papel que ele transformava em peças de máquinas e montava num modelo simples, mudando o desenho baseado ligeiramente nos poucos momentos de vôo bem-sucedidos de seu predecessor. Seguia-se um fraco tremular e uma rápida queda como que de papel. Ele via o esqueleto inicial tão claramente, sabia como tramar uma elevação no ar deslocado e como montar na turbulência planando pelos jardins do Palais Wittgenstein. Às vezes, fixava o protótipo num barbante delicado, uma pipa engenhosa, e apertava a extremidade do fio entre o polegar e os outros dedos enquanto o suspendia no fluxo do vento para soltá-lo, seus pés teimosamente aderindo à terra. Observava as estruturas delicadas ganharem vida e escaparem da viscosidade de seus dedos. Seus favoritos escapavam dos limites dos enormes jardins bem-cuidados, passavam pelos chafarizes e pelos brotos de cores primárias, pelos arbustos e pelos muros que definiam os terrenos extensos da sofisticada mansão de sua família. Ele observava seus modelos com carinho. Seus jovens olhos castanhos já belamente brilhantes — uma beleza que só se aprofundaria com a idade, anunciada por rugas carmins e sobrancelhas grossas.

Sua perspicácia específica em engenharia envolvia uma concentração metódica de sua perspicácia geral em todos os assuntos físicos. O mundo externo se lhe apresentava tão claramente como se ele tivesse recebido um diagrama esquemático totalmente explicado de forças, ações e reações. Esse talento definia um aspecto de Wittgenstein que tantos admiravam. O pensador intensamente racional. Mas houve um rompimento na vida do jovem Wittgenstein, uma quebra nítida que divide a sua vida em duas metades: Antes e Após. No vértice dessa fissura, por demais fina e forte para que lhe atribuamos uma duração no tempo, ardeu uma luz branca e quente — só que isso não está certo, foi a ausência de luz, mas não estava escuro. Foi a ausência completa de espaço e tempo e luz e matéria, e se aproximava mais de um branco que queimava os olhos, só que essas palavras eram ineficazes, desonestas. Eram mentiras. Aquilo não tinha cor. Não se assemelhava a nada que ele pudesse descrever com a linguagem ordinária. Não se assemelhava a nada. Só que era um nada deslumbrante, brilhante, prenhe de êxtase. Não era uma coisa; era um acontecimento, um evento. O maior evento de toda a sua vida. Só que não se dividia no tempo, nem tinha uma localização identificável no espaço. No limite entre Antes e Após, Wittgenstein voou. Não seu corpo exatamente. Tampouco apenas seus pensamentos. Ele — seja quem ou o que ele for — desligou-se do material de sua carne, daquele momento, daquele lugar, e experimentou o vôo flutuando na textura daquela não-energia, daquela não-luz, não-matéria, não-branco, não-escuro. Quando voltou ao normal, foi como se seu corpo tivesse sido drapejado sobre ele, e os membros, fixados novamente, uma prótese esplêndida. Em algum lugar bem no fundo, só que não num lugar, mas num não-lugar que não conseguia nomear, ele foi chamuscado pelo arrebatamento.

Nunca falou sobre o evento em voz alta, embora morresse de vontade de enquadrá-lo. Cada palavra que testava falhava. Em nenhum lugar da linguagem conseguia achar a verdade mística sublime que o desfigurou. Aí ele percebeu. Quaisquer tentativas de descrever seu vôo falhariam. Não havia palavras exatas o suficiente. Imagens precisas o suficiente. Tudo que poderia esperar era enquadrar a ausência daquilo, um espaço negativo esculpido fora do mundo. Só conseguia descrever o que aquilo não era. Assim, ele embarcou numa descrição completa de tudo existente no mundo, numa linguagem lógica perfeita, na esperança de que, no espaço negativo restante, pudesse apontar silenciosamente para seu tesouro. A grande arquitetura do mundo e a linguagem ordinária criariam uma estrutura para o mais precioso de tudo: aquilo que não se pode dizer. *Sobre o que não podemos falar devemos manter silêncio.*

Wittgenstein permaneceu de costas para a sala durante os longos minutos restantes da aula. Os alunos ficaram sentados numa agitação crescente enquanto aquela tarde era queimada, minuto pesado após minuto pesado, como um combustível para alimentar o fôlego de Wittgenstein. Através das vidraças das janelas, ele observava um enxame de alunos voando para fora das salas de aula e formando grupos que cruzavam o gramado. Seus movimentos de início pareciam organizados, depois desordenados, depois ordenados novamente. Talvez estivesse na hora de encerrar a aula. Hora de ir ao cinema, ele decidiu. Planejou sentar-se na primeira fila do cinema e deixar que as luzes tremeluzentes removessem o suor e o esforço da aula daquele dia. Ficou de costas para a janela e deu seis grandes passadas para sair pela porta pesadamente emoldurada.

Essa foi a última aula a que Alan compareceu, perdendo a sétima aula devido à sessão de treinamento na Government Code and Cypher School. Ele decide assistir à aula seguinte. A linguagem é falha, mas a matemática é perfeita — é isso que ele defenderá. Tentará convencer Wittgenstein de que a matemática não é uma invenção humana, que está ali para ser descoberta, que é a forma mais pura de lei natural. A matemática nos fez, e não vice-versa.

Wittgenstein pendura dois sobretudos nos ganchos à sua entrada. Decide perdoar hoje a ausência de Turing. Resolve convencê-lo de que a matemática é uma invenção que não deve ser confundida com lei natural.

Nenhum deles conseguirá persuadir o outro.

Alan abandonou o curso após a oitava aula. Ao ser indagado sobre Wittgenstein, Alan explicará os comentários dele e como os achou completamente desconcertantes. Também dirá que o achou muito estranho.

Alan nem sequer tentará enunciar aquele momento em Grantchester Meadows quando descobriu suas máquinas, e Wittgenstein nem sequer tentará enunciar aquele momento em seu jardim do tempo de criança.

Quando Alan volta a pensar sobre Wittgenstein, uma lembrança sempre se repete. Ele se lembra de terem compartilhado a visão do pássaro negro que se desgarrou do bando para flutuar do outro lado da janela.

Buckinghamshire, Inglaterra, 1940

A Inglaterra está em guerra, e Alan está em meio a uma razoável felicidade. Podemos retomar sua história aqui numa noite que se tornou inesquecível quando ele faz a barba com uma lâmina letal, quando ele desmaia à visão do sangue. Claro que ele se corta — na verdade, fica bastante ferido. Não com a lâmina, que corta uma porção fina e clara, seguindo o osso de seu queixo quadrado, mas com o terceiro ladrilho, do centro para a esquerda, ao desabar no chão e a cerâmica dura golpear seu crânio duro. Exatamente antes da vertigem ele observa o sangue descer por sua mandíbula. A lembrança visual, junto com a sensorial do jantar da noite anterior, quando seu queixo se sujou no molho de frango que fluía de sua faca, compassivamente o deixa inconsciente, antes que se machuque no chão.

Durante aquele breve momento antes que sua mente escureça, mas após recuar da pontada e ver a seiva vermelha intensa se esvaindo do corte, ele calmamente se observa. O sangue enche a fissura progressivamente como mercúrio subindo num termômetro. "Agora desmaiarei à visão do meu próprio sangue", ele pensa, não como um enunciado de intenção, mas como uma observação da ordem infalível de causa e efeito. Aperte uma tecla na máquina de escrever, que uma letra de tinta aparecerá na página. O resultado é determinado, uma conseqüência fixa da pressão inicial na tecla. Sua mente não é diferente. Aperta uma alavanca e um resultado se segue. Corta o queixo, a pontada, o sangue flui, e ele desmaia. Ele tenta se ater a esse pensamento enquanto suas pernas cedem e sua visão periférica enfraquece, fechando seus olhos.

Ao recobrar os sentidos, está fitando as solas de seus sapatos deixados de lado. Sem hesitação, apanha-os, senta-se, calça-os e amarra os cordões, e vai apanhar o velho carrinho de bebê que um vizinho jogou fora.

Como um investimento em tempo de guerra, ele comprou duas barras de prata ao preço de duzentas e cinqüenta libras. Durante a Primeira Guerra Mundial, a prata conseguiu aumentar de valor, mesmo quando todo o resto desabou a um nível irrisório que a Inglaterra não consegue esquecer. Embora a maioria dos investidores coloque seu dinheiro no banco, Alan decidiu colocar o seu no solo. Enfiando-o no carrinho de bebê sujo, leva o tesouro até um bosque próximo, atraindo olhares preocupados de cidadãos que não podem ignorar a visão de um jovem homem desarrumado com um passo largo peculiar e um carrinho de bebê vazio. Ele empina feito cavalo, elevando os joelhos de suas pernas magras até a altura do quadril e num movimento brusco. Empina especialmente quando está dando uma aula em Cambridge ou sozinho com seus pensamentos, ou quando empurra um carrinho de bebê carregado de barras de prata.

Não é somente a sra. Leigh que liga para a polícia local, sendo ela a moradora mais próxima do bosque e sentindo, talvez irracionalmente, como se este estivesse sob seus cuidados, se é que não é realmente sua propriedade. Há certa confusão e constrangimento quando os policiais, prontos para o devido interrogatório, recebem ordens expressas de deixar o jovem em paz. Há rumores de que essas ordens vêm dos mais altos escalões imagináveis — do próprio primeiro-ministro. Vários dos moradores de Buckinghamshire já suspeitam de que algo acontece em Bletchley Park, a mansão sobre o morro — algo para o Serviço de Sua Majestade ou MI5.

Turing, em sua quase total incompreensão das interações humanas corriqueiras, considera o carrinho de bebê *discreto* — um *disfarce*. Um jovem pai passeando com seu bebê. O observador casual jamais suspeitaria de que o pequeno embrulho é prata preciosa e que logo haveria um tesouro enterrado no bosque. Não lhe ocorreu que suspeitariam de que um jovem pai que entrasse no bosque com um carrinho de bebê e saísse sem ele teria enterrado algo bem mais precioso.

Uma barra é enterrada numa cova rasa no solo da floresta. Ele passa algum tempo gravando anotações mentais sobre marcos naturais, tornando assim dispensável qualquer marcador humano óbvio. Ele observa especialmente a geometria entre riacho, cova e uma árvore que parece singular, seus ramos formando uma seqüência de bifurcações regulares que ele observa por algum tempo, prolongando-as como um gráfico e buscando uma seqüência especial nas relações numéricas — ocasionalmente encontrando uma regra válida para ao menos um grupo de ramos, mas sem encontrar uma lei aplicável à árvore como um todo.

A segunda barra é enterrada sob uma ponte para pedestres, bem no leito de pedras do riacho. Ele criptografa as localizações das duas barras de prata em um código criado por ele próprio, enrola-as num inalador de benzedrina e enfia o tubo com as instruções numa fenda estreita na base da próxima ponte ao longo do riacho.

Ao perambular descalço pelo lodo, sapatos e meias guardados no carrinho de bebê, não está exatamente chovendo. Ou seja, a água não está se precipitando das nuvens e caindo na terra. A água está aprisionada no ar entre o lodo e as nuvens, uma espécie de vapor resfriado se tal coisa pudesse existir. Ele se molha tão facilmente como se a chuva estivesse caindo verticalmente. Gotículas se juntam em seu rosto e cabelos, enquanto ele avança pela bruma, até que copos d'água de chuva saltam ao longo de seus poros, traçando os contornos de sua testa, nariz e maxilar. O frio cortante irrita-lhe os dedos, deixando-os rosa, e seu nariz goteja, mas isso poderia ser vapor resfriado condensando-se em quantidade suficiente para produzir uma pequena uva na ponta. Enquanto Turing revolve o lodo, testa marcadores e inventa versos, o cinza do dia nublado satura-se em uma noite nublada. Ele absorve o ar balsâmico na boca, açucarado com xarope das árvores e matéria apodrecível da terra. No fundo dos seus pulmões, o éter da floresta torna-se sua respiração. Ele é feito das mesmas moléculas das plantas e da sujeira e do ar. Ele as ingere, e elas se transformam nele. Expira o ar junto com uma saliva que é absorvida pelo solo da floresta, e seu hálito oscila e é captado por um vento que leva seus vapores para bem alto nas nuvens, até que ele seja apenas um pequeno animal solitário embaixo, e as montanhas se estendem até Londres, oitenta quilômetros ao sul, onde a capital está encerrando as atividades, ocultando-se no escuro, grata pelo fog.

Ele não passa de uma partícula em um vasto sistema de bilhões de partículas. Está conectado a todos os outros através de cruzamentos irrevogáveis, pontos de contato, de causa e efeito. Sente-se sozinho mas, a partir dessa visão panorâmica, do alto e de longe, e da visão da história, ele faz parte de algum mecanismo maior. Embora não consiga discernir em sua proximidade do solo da floresta, em uma visão atmosférica que englobe Londres, Oxford e Cambridge, junto com Alan Turing no bosque em Buckinghamshire, ele está intimamente ligado ao destino do resto da ilha. Por outro lado, o destino deles está ligado ao seu. De modo que os londrinos (incluindo mais de um graduado da Sherborne School com uma triste florescência de úlceras semeadas por um poço de medo) carregam o fardo da sobrevivência, sem perceberem que suas vidas dependem de um jovem matemático que cava o lodo, mesmo com o blecaute rigorosamente imposto à grande capital durante a guerra.

Enquanto Alan lida com a lama sob as árvores a oitenta quilômetros de distância, vigilantes de defesa aérea patrulham o East End de Londres, tentando manter-se fielmente ao longo da calçada tortuosa e não tropeçar no escuro torcendo o tornozelo nem cair sobre uma ferida perpetuamente reforçada do joelho. Eles navegam por memória e intuição ao longo de voltas e ligações, passando por becos sem saída, ao longo de arcos e alamedas, cobrindo o emaranhado de ruas no mapa desenhado à mão em suas cabeças, para bater nas molduras das janelas, velhas molduras curtas e tortas, delineadas em fragmentos claros de luz que brilham pelos buracos na cortina do blecaute. Os vigilantes, fazendo valer sua autoridade londrina sobre as noites da velha cidade, batem e gritam: "Você tem uma luz aparecendo!" até que a luz lá dentro seja apagada ou a cortina do blecaute seja furiosamente colocada de volta no lugar.

Ninguém se acostuma ao silêncio pouco antes que as nuvens se evaporem, uma de cada vez, ao longo do céu quando a Luftwaffe ataca. Cachos de bombas conhecidos como *Molotov breadbasket* com trinta e seis bombas incendiárias explodem, expelindo trilhas grossas de fagulhas e chamas fundidas e um borrifo de brilho laranja. Algumas bombas caem sem vida na pedra de cantaria, como um animal esfolado, ainda perigosamente quentes, mas rapidamente soterradas com algumas pás de areia. Outras se prendem na curva de um telhado ou na junção de dois prédios ou conseguem penetrar por uma janela, e estas espalham fogo com violência, destruindo quarteirões inteiros enquanto a doença inflamável se espalha. Quase ninguém chega a jogar água nos pequenos blocos vulcânicos, depois que os primeiros poucos explodiram após serem extinguidos, projetando bolas assassinas por seis metros em todas as direções. Nessa noite tudo se repete. O céu se ilumina em clarões cor de laranja até que trechos da cidade brilhem com as chamas, e Londres sofra e lamente sob a surra selvagem do ataque aéreo.

Todas as noites os londrinos reclamam do blecaute. Mas ao alvorecer temem a luz solar ainda mais, por mais fraca que seja devido ao filtro do fog, ao serem forçados a avaliar os danos. Todos os dias olhos afundam de sofrimento, do West End ao Tâmisa, ao longo do leste passando pela catedral de St. Paul's enquanto o dia testa suas lembranças de seus lares. Após cinqüenta e sete noites de bombardeios implacáveis, cada um é forçado a perguntar se sua memória está à altura da tarefa.

Nas trevas fica mais fácil recordar a muralha romana ao redor da cidade antiga a leste, a pequena sapataria na esquina diante da Blackfriars Station que moureja à sombra do grande domo da catedral e se beneficia da corrente de ar fresca que vem do rio. Os teatros que pontilham o West End ainda estão abertos, e alguns jardins sobrevivem. Centenas dormem nas estações do metrô ou em abrigos públicos no subsolo da firma de roupas Felix and Lane's, onde a sra. Maddox dirige uma cantina que serve feijão, torradas e sopas ricas em amido que conseguem ser comestíveis, mesmo quando a escassez elimina a carne e o sabor do caldo. Doze horas do pôr-do-sol ao nascer do sol decorrem no ar carregado em condições apertadas e insalubres, mas mesmo assim eles se ressentem, ao romper do dia, quando emergem para terem suas lembranças confundidas pela terra arrasada onde, até o dia anterior, uma mansão vitoriana de tijolos vermelhos se erguia sólida como pedra. Seus olhos absorvem um surto de amputações cívicas horrendas até ficarem rasos d'água. Enquanto ainda é dia, a totalidade de Londres poderia permanecer intacta — exatamente como eles se lembram dela.

Oitenta quilômetros a noroeste, Alan Turing brinca no bosque cantarolando versos do conto de fadas "Branca de Neve". Quem é ele para os vigilantes da defesa aérea, os civis, os sobreviventes? Um homossexual, um *fag*, um excêntrico do tipo professoral. Um pagão, um ateu, um esquisitão. Um gênio. Um herói. Mas ele os ignora do mesmo jeito. Para ele, a guerra tornou-se um jogo obsessivo de examinar cadeias de códigos sem sentido em busca de padrões, de início visual e despreocupadamente, depois pela lógica simbólica e pelas leis dos números. Ele joga esse jogo com intensidade travessa, saindo impetuosamente de uma sala, batendo a porta caso perca. Ele quer vencer. O trabalho é exaustivo. Desafiador, talvez até impossível. Existe outra coisa que vale a pena enfatizar. Isso o deixa feliz.

Ele está sempre trabalhando, mesmo ali naquelas trevas docemente olorosas do bosque. Ao cavar a terra com as mãos, afastando massas de sujeira, topa com a raiz de uma árvore. Um caminho pelo espaço. Um caminho possível pela terra. Então uma idéia o preenche, apresenta-se a ele, como que saída do nada. É original, ele acha. E aí ele pensa sobre o pensamento. E aí pensa sobre pensar sobre o pensamento, sobre a originalidade, sobre o que significa ser *seu* pensamento. Um produto de sua mente, uma excitação de um neurônio, uma imagem no seu olho, uma conseqüência fixa de pressionar um botão. Uma reação à lama. Um algoritmo executado por uma máquina.

Deve haver um algoritmo para se jogar xadrez ou para se ter uma idéia ou para o próprio pensamento. Aperte um botão, e uma máquina poderá executar a instrução precisa e produzir uma resposta ou um lance num jogo de xadrez, ou decifrar um código. Mas as pessoas todas se comportam de formas tão diferentes. Reagem tão inesperadamente aos mesmos estímulos. Talvez outra pessoa que cavasse ali tivesse um pensamento inteiramente diferente. Talvez outra pessoa pensasse: "A lama é nojenta". Ou: "Dá para plantar tomates aqui". Ele pensa nas predileções, nas tendências e nos desejos — como são determinados. Pensa sobre como odeia batatas cozidas com arroz na manteiga. São da mesma cor, mas aquelas vêm em grandes bolas e este em grãos horrendos. A combinação é suficiente para levar Alan a jejuar. Mas sua amiga Joan adora seu arroz na manteiga com batatas cozidas por cima. Alan e Joan executam algoritmos diferentes. São pessoas diferentes com gostos diferentes. Pensando sobre esses pensamentos, ele tem outro: há muitos algoritmos diferentes que poderiam produzir alguma resposta semelhante à humana. Mas com certeza há bem menos seqüências certas do que seqüências erradas: seqüências que não poderiam produzir uma resposta semelhante à humana. Talvez blocos enormes desses algoritmos errados pudessem ser descartados, de modo que um veio menor de seqüências corretas permaneça. Mas isso é exatamente como seu pensamento original que precipitou o pensamento sobre o pensamento. Só existe uma chave para a transmissão alemã criptografada. É quase impossível de isolar. Mas enormes combinações possíveis claramente não levam a nada: são torrões vazios de terra. Se ele pudesse construir uma máquina para percorrer combinações possíveis, uma máquina que parasse quando a combinação desse errado, poderiam descartar todas as chaves ruins, removê-las do caminho. Teriam uma chance real de filtrar o que restasse, um número bem menor de possibilidades. Não deveriam tentar encontrar o código certo; deveriam tentar remover todos os códigos errados.

O céu está desmoronando sobre Londres, e ele sabe que tem uma resposta. Ela queima seu peito — uma espécie de euforia. Isso o escalda.

Ao dirigir-se para casa, sente o código nazista dócil como seda e não consegue esperar até de manhã quando poderá implementar suas idéias. Coberto de lama — lama bem funda sob as unhas enfatizando a cutícula roída e vermelha e cada um dos dedos, vestígios da mata assomando de seus cabelos —, põe-se a correr. Corre para casa livremente sem o carrinho de bebê ou a carga das barras de prata. Seus membros estão soltos e frouxos, seus pulsos oscilam enquanto suas pernas se movem como tesoura — esquerda, direita, esquerda, direita — e a pele de seu corpo esguio tremula ligeiramente enquanto ele relaxa ao ritmo de seu passo.

Ele sempre se lembrará dessas corridas. Corridas com suas pernas fortes e esguias. Corridas como se o destino do mundo dependesse dele.

Alan está noivo e vai se casar. Com uma mulher. Ela tem sido sua melhor amiga desde que ele foi recrutado pela Government Code and Cypher School e isso tem sua importância. Ele se lembra dela na Cabana 8, inclinada sobre grupos de letras sem sentido, seu pescoço tenso e horizontal sobre a mesa esperando que algum padrão pudesse saltar ao seu olho. Sua lembrança mais clara dela começa naquela manhã depois do bosque, quando ele acorda com sua idéia quase totalmente formada: uma visão em technicolor. Dirige-se à Cabana 8 ao meio-dia com uma máscara antigás amarrada no rosto e a calça solta segura por um pedaço de barbante. E ela diz:

"Realmente, Alan, você vai apavorar os moradores de Buckinghamshire vindo para cá de bicicleta com essa máscara antigás."

"É para me proteger do pólen, Joan."

"As pessoas vão pensar que estamos projetando bombas venenosas aqui."

"Mas não estamos. Estamos decifrando códigos."

"É melhor elas nunca pensarem no que estamos fazendo aqui, Alan, do que chamar tanta atenção sobre nós."

Nos primeiros dias da conversão de Bletchley Park no centro britânico de decifradores de códigos, antenas para interceptar transmissões de rádio alemãs foram instaladas numa mata em torno do terreno, fazendo com que a mansão no morro com sua série de cabanas parecesse uma alfineteira elaborada. Ou, era necessário admitir, parecia um centro de decifração de códigos. Como aquilo contrariava seus objetivos secretos, os detentores do poder logo questionaram seu próprio julgamento, e as antenas na ilha foram transferidas para estações de interceptação menores, menos visíveis. Todas as transmissões de rádio para os submarinos e as que chegam deles são codificadas na máquina alemã Enigma Naval, não muito mais do que uma máquina de escrever sofisticada. Apertando-se uma tecla na máquina de escrever de aparência industrial, uma série de rodas e reflexos interligados transformam aquela letra em outra numa lâmpada, que é então lida e copiada na mensagem criptografada. A Enigma é capaz de algo como cem mil bilhões de bilhões de combinações. É um espanto que alguém tenha a audácia de tentar decifrar a criptografia, que muda diariamente. As transmissões navais codificadas são então retransmitidas aos cuidados de Alan Turing na Cabana 8, onde ele supervisiona a dissecação das últimas interceptações. Em Bletchley, contaram com a vantagem crucial de possuir uma quase réplica da máquina Enigma, comprada na Alemanha, em 1925, sem segundas intenções conscientes, para uso comercial num banco britânico, até ela ser substituída por uma réplica exata fornecida pelos criptoanalistas poloneses. Se descobrirem a disposição de rotores e reflexos, poderão datilografar o texto codificado e obter a mensagem alemã.

A manhã da idéia quase plenamente formada de Alan é o turno duplo de Joan. Ela risca blocos sem sentido de letras e tenta outras combinações, fazendo amplo uso da flexibilidade de seus finos pulsos brancos e seus dedos longos, quase masculinos. Seus pulsos são do tamanho de moedas, de que brotam mãos imensas de ossos e veias. Na base dessas moedas estão as hastes de seus braços, onde a constelação Órion foi naturalmente tatuada pelas singelas sardas marrons. (No dia em que Alan romper o noivado, esses braços penderão dela como galhos secos ou, talvez, simples varetas. Suas mãos enormes fazendo-os pender com seu peso morto. Ele pensará que seus pulsos minúsculos poderão quebrar, e os fitará, expectante, enquanto recita Oscar Wilde.)

Os cabelos dela são pretos e ondulados. Ele certa vez perguntou a um dos outros criptoanalistas se Joan era bonita, incapaz de chegar a uma conclusão sozinho. A resposta é irrelevante, porque Alan nunca consegue ter certeza. Ela tem postura impecável, sua espinha dorsal ereta como a de uma criança atenta, e apresenta algo profundamente atraente em seus gestos, um vestígio da menina precoce ainda fracamente visível. Não é extremamente graciosa, mas tampouco é deselegante. É eficiente, até confiante, ao se movimentar ao redor das máquinas decifradoras.

Ela mostra-se contente por estar ali, e deleita-se com seu noivado secreto com Alan. Embora o noivado deles seja um tanto mais secreto do que a sexualidade de Alan, ela insensatamente não se alarmou. É tolerante e não preconceituosa, uma tolerância a que se viu forçada pela própria posição na sociedade. Conquanto o serviço público britânico rebaixasse o seu cargo para "lingüista", ela foi recrutada exatamente pela mesma razão que os demais matemáticos: por sua inteligência e suas habilidades matemáticas. Estudava geometria projetiva, e estava certa de que sua jornada era mais do que promissora quando chamou a atenção da Government Code and Cypher School. Não decorreu muito tempo até que se encontrasse na velha mansão vitoriana em Bletchley Park, no morro em Buckinghamshire, oitenta quilômetros a noroeste de Londres, ganhando um salário um pouco inferior ao dos demais matemáticos cujo sexo lhes permitia o cargo de criptoanalista. Alan e alguns outros tentaram fazer com que fosse promovida a oficial do WRNS para melhorar seu pagamento. As mulheres do Women's Royal Naval Service cuidam dos rotores das máquinas de Alan fora dali, telefonando para a Cabana 8 quando uma máquina ruidosa conclui sua tarefa e silencia. Mas Joan, trabalhando na Cabana 8, decifrando transmissões navais alemãs, prefere ganhar menos e fazer o trabalho mais gratificante.

Alan mencionou a ela suas tendências homossexuais. Joan recebeu a notícia tranqüilamente, sobretudo porque não tinha total certeza de ter entendido o termo *tendência*. Ela escolheu um gênio excêntrico, e um gênio excêntrico a escolheu. Não será fácil lidar com suas tendências relaxadas, suas tendências dietéticas peculiares, suas tendências obsessivas — as tendências homossexuais não são sua maior preocupação. Claro que ela se engana a respeito. Alan deveria ter sido mais enfático, até mais franco do que de hábito. Deveria ter dito: "Não tenho absolutamente quaisquer tendências heterossexuais", o que teria esclarecido que sua homossexualidade é um tanto mais absoluta do que sua escolha de palavras original deu a entender.

Joan observa-o na manhã após ele enterrar seu tesouro na mata, e todo o resto parece distante: o cheiro das bombas de Londres, o ranger e o zumbir dos submarinos sufocados pelo oceano, o cricrilar das máquinas. Tudo silencia, até o clique das teclas da máquina Enigma. Ela gosta do rosto dele quando parado como uma fotografia. A forma como suas sobrancelhas escuras acentuam seus olhos não parece tipicamente inglesa, e talvez isso impeça as pessoas de observarem quão bonito o realce consegue ser, sobretudo quando ele não está se mexendo nem falando nem rindo. Ela observa Alan soltar a caneca de chá que mantém absurdamente acorrentada a um aquecedor, como se alguém pudesse confundir seu dono com outra pessoa que não Alan, como se algum dos outros criptógrafos fosse pôr os lábios na sua caneca pessoal, com paredes internas horrivelmente manchadas de um marrom ferrugento do chá que ele sempre deixa demais em infusão. Ao se ajoelhar ante o aquecedor para soltar seu pertence, seus calcanhares se abrem, e ela vê onde ele tentou remover a lama da bainha da calça, em vez de lavar a peça de roupa inteira. Ao olhar ao longo da perna dele, Joan não pode deixar de se admirar com o fato de que, mesmo ao lavar as bainhas, provavelmente na pia do seu quarto esta manhã, ele não notou as duas folhas, foscas de lama cinza, na parte de trás da calça.

Alan e suas idéias. Além da caneca presa por argolas de aço ao aparelho de calefação e seu plano do esconderijo seguro das barras de prata, existe a máscara antigás padrão do governo que ele usa para se defender de alergias. Existe o despertador que ele amarrou na cintura para cronometrar o tempo de sua corrida de Bletchley até quase chegar a Londres. Bem como as lâminas de barbear numa mala, que pretende vender se a situação piorar e ele não conseguir garantir um emprego, porque não pode revelar a natureza de seu serviço ao seu país. Há suas máquinas que mecanizam o pensamento e decifram códigos secretos. E ela também faz parte das idéias dele? Ter um lar e uma esposa para lavar-lhe as roupas, gerar seus filhos, cuidar da casa. Ocasionalmente ele a surpreende com essas convenções sociais, relíquias preservadas de seus antecedentes familiares. Talvez sobrevivam, apesar de todas as suas outras excentricidades, por serem tão totalmente irrelevantes à sua vida real.

Ele traz os ruídos do mundo até ela ao bater com os dedos desfigurados sobre seus papéis, com cicatrizes calosas nas cutículas que mordeu, e rabisca suas páginas de matemática em busca de uma solução ao problema da noite passada.

"Alan, você se cortou." O corte no queixo do barbear está fechado por sangue coagulado, fazendo com que pareça ainda pior.

"Eu me cortei. E desmaiei." Ele enlaça o próprio tronco enquanto ri de si mesmo.

Ele evita os olhos dela, mesmo enquanto compartilham essa calamidade menor. Joan deixa esse desapontamento atingi-la apenas por um segundo, antes de ser igualmente arrebatada pela curiosidade da criptografia e a curiosidade de Alan, e ela ri também, ainda que mais timidamente, queixo comprimido na concavidade do ombro, introduzindo uma curva suave à fieira de contas que define sua espinha dorsal forte.

O noivado malfadado não é totalmente culpa de Alan.

Algo está faltando em seu cérebro, um filtro, um intérprete, um mecanismo simples que explique o significado de um sorriso ou a corrente de sentimento que comanda as centenas de músculos de seu rosto. Até a velha mulher que cuida de sua residência em Bletchley Park parece uma profetisa nas questões comuns, ao fazer comentários sardônicos enquanto varre a entrada, quando ele chega e sai. "A sua senhorita Joan quer mais do que apenas uma partida de xadrez, senhor Turing." Reflexões óbvias, fúteis, de uma faxineira bisbilhoteira, mas para Alan são palavras brilhantes de uma sábia que sabe coisas que ele não consegue extrair da vida, por mais que concentre a atenção. Exasperada com a distração genuína dele, ela comenta: "Ela quer ser sua noiva, senhor Turing", e balança os cabelos crespos com o mesmo vigor com que varre, com uma força tão punitiva que lembra a Alan como as babás indianas costumavam esfregá-lo no banho até ficar vermelho, quando seu pai foi designado para trabalhar no subcontinente como funcionário público britânico.

Durante todo aquele dia, ele foi ainda mais desajeitado na Cabana 8 do que nos dias anteriores. Ao final da tarde, depois que os rotores foram configurados, as mensagens foram coletadas e as chaves criptográficas foram testadas, ele e Joan estavam noivos, planejando se casar. Não dá para dizer que ele a *pediu* em casamento exatamente, não em qualquer sentido convencional. Mas mesmo assim, no momento em que ele retornou à pensão, deixando pegadas de lama nas escadas recém-varridas, estava noivo. Assim, em parte, o noivado é culpa da faxineira. É culpa de Joan também. Mas acima de tudo, é preciso admitir, é culpa de Alan.

É o final de um turno de onze horas, o final de meses de muitas reviravoltas tensas nas táticas, codificações e máquinas. É o meio da noite. Alan e Joan ainda estão acordados, mas suficientemente esgotados para uma partida de xadrez.

"Você é um herói, Alan."

Ele não ergue o olhar do tabuleiro do jogo, mas sua cabeça como que balança quase nivelada com os ombros. Ele está envergonhado.

"Somos todos heróis, Joan", ele diz para a rainha branca de Joan, inclinando-se demais sobre o tabuleiro. O bolso inferior de sua jaqueta de marinheiro aberta faz dois peões deslizarem para fora de suas casas, enquanto ele examina os lances. Ele gosta de obter uma visão quase aérea do tabuleiro e da guerra estática que travam.

"No mínimo, sou uma heroína, você sabe", ela diz, imitando uma adolescente petulante. Ela o fuzila com os olhos espremidos, um pouco desapontada porque sua frase soou como uma acusação.

"Para mim, você sempre será uma heroína", Alan ri pelo nariz, sem perceber plenamente a alfinetada que acabou de dar.

Joan sente certa satisfação por saber que vai ganhar o jogo. Ela já consegue ver que precisará de apenas mais dois lances, que Alan dificilmente impedirá. Ele está em busca de um padrão global de novo, tentando inventar uma regra para gerar a estratégia certa, de modo que não percebe em particular essa realidade, por mais simples que seja. O tabuleiro é dela, um jogo de bolso de cartolina gasta não preparado para suportar o tráfego das peças caseiras de Alan. Eleva-se no meio, quando as peças são inicialmente alinhadas nos lados opostos, depois afunda no meio à medida que o jogo avança. Alan deve ter parecido ridículo com sua máscara antigás, cavando numa argileira exposta perto de Bletchley, depois tentando se equilibrar na bicicleta ao voltar para casa com punhados de argila pendendo das bordas do guidão. Ele moldou as peças em seu quarto e cozeu-as em sua própria lareira. Fez peças extras, embora não em número suficiente para que possam jogar com um conjunto totalmente intacto. Um terço das peças está quebrado até certo ponto, mas sua identidade ainda é fácil de discernir, embora um de seus cavalos pudesse também fazer o papel de peão.

Alan faz um lance. Quem sabe em que está pensando? Parece aleatório após tanta reflexão. Ele continua inclinado sobre o tabuleiro, obrigando-a a esticar o braço sob a orla dos cabelos dele, movendo o bispo para outra casa sem deliberação nem hesitação.

Surpreso por achar que ela não refletiu o suficiente sobre sua estratégia, Alan grita "Joan!" e estica o pescoço para olhá-la, embora não direto nos olhos. Sua boca se abre com incredulidade, e ele abaixa o olhar para o jogo e o eleva para ela algumas vezes antes de gritar de novo "Joan!", e depois ri, perplexo.

"Sei o que estou fazendo", ela diz, e faz.

Eles poderiam ganhar aquela guerra. Ela se flagra preocupada e ansiosa com o que acontecerá a seguir. Existe esperança e alívio, mas também medo de que o plano de Alan em relação a ela falhe, de que ela fique sozinha. Joan quer que Alan se preocupe com ela. "Quando a guerra acabar, estaremos livres. Teremos desempenhado um papel nisso."

Embora ela possa ter em mente a liberdade de enfim se casar, não é nessa direção que ele é conduzido pelo labirinto de sua mente. Tantas imagens ocorrendo a uma pessoa de uma vez. Tantos pensamentos diferentes e níveis diferentes de consciência. Tão difíceis de comunicar ou testemunhar. A palavra *liberdade* emerge em sua mente, o produto final após uma reação em cadeia de impulsos e transformações, até estar ali, o único pensamento sobrevivente. Sua expressão se torna sombria, mas ele finge se concentrar em suas táticas de guerra, manuseando nervosamente as peças áridas e quebradas que ele moldou com as próprias mãos. Serão essas estatuetas provas de seu livre-arbítrio? "Nunca somos livres, Joan."

"Alan, você está sendo do contra de propósito, só para ser ridículo?"

"Não somos livres. Nenhum de nós. Não existe algo como livre-arbítrio. Não conheço isso. Acho que não. Se uma máquina consegue somar mecanicamente uma lista de números, é totalmente determinada, e de jeito nenhum está exercendo o livre-arbítrio."

"Mas isso não passa de um processo rotineiro, sem nenhum sinal de pensamento."

"Só porque é simples? A Enigma é uma máquina. O resultado de uma criptografia é totalmente determinado pela configuração, mais complexa mas não mais livre."

"Isso continua não sendo pensamento, Alan, não pensamento e ação humanos, independentes, livres. A Enigma não passa de uma máquina de escrever. Aperto uma tecla, e está totalmente determinada a letra em que aquela tecla se transforma."

"Sim, está totalmente determinada."

"A Enigma é uma máquina, não uma pessoa viva, que respira", como eu, ela está prestes a gritar. *Como eu*.

"Somos máquinas também, Joan. Bem mais complexas, e mais nada. Um dia existirão máquinas como computadores humanos, só que elétricos. Um computador elétrico-mecânico. Vou construir um depois da guerra, talvez aproveitando algo das nossas máquinas, mas tenho em mente um projeto mais geral. Ele vai somar ou dividir ou calcular qualquer número de tarefas. Será universal, como a máquina universal que responde a perguntas matemáticas. Só que esta será real, não apenas uma possibilidade lógica." E, sorrindo como que para si mesmo, ele diz simplesmente: "Vou construir um cérebro".

"Será vivo?" Ela acusa, ante o absurdo da alegação. *Eu sou*, ela quer atormentá-lo agora, suas bochechas formigando de ressentimento. *Sou viva, um ser humano, uma pessoa livre*. Frustrada, ela sabe que Alan não vai reconhecer sua peçonha.

"Terá eletricidade. Não sei. Não é viva? É viva? O que você está me perguntando, Joan, se tem uma alma? Não existe alma, algo assim."

Joan não contesta esse ponto. Ela compartilha seu ateísmo reverente. Seu pai, o pastor, jamais conseguiu fazê-la fingir. Sua filha doce e brilhante, com seus modos educados e presença forte, mesmo quando menina bem nova. Ela ouvia os seus sermões, sentada bem empertigada, as vértebras projetando-se acima do colarinho branco da blusa azul-marinho, aparecendo como pequenas contas através de sua pele pálida. Sua filha observadora, sempre perguntando "por quê?" até ele desejar que ela fosse pura e simplesmente insolente para que ele pudesse puni-la. Mas ela não era insolente, apenas convencida pela eficácia de seu próprio pensamento, incapaz de acreditar num Deus que não fosse racional. Incapaz de acreditar em Deus. Ela lastimava, desejava poder mentir, enganá-lo. Ela lastimava o pai, enquanto ele sofria tão intensamente pela filha desalmada. "Os nazistas acham que os seres humanos são fracos, mas que suas máquinas são invencíveis. Mas nós derrotamos suas máquinas."

"Mas somos máquinas. Máquinas simplesmente derrotam outras máquinas. Um dia os computadores pensarão exatamente como nós. Serão livres? Ou apenas máquinas determinadas levando a cabo os processos complexos que foram configurados para executar? Seremos livres? Ou somos apenas máquinas determinadas, fadadas a levar a cabo os processos complexos que cada um de nós foi configurado para executar?" Como que à guisa de exemplo, ele enfim move o peão. Acha que está a apenas três lances de implementar seu plano de jogo. Sua fraqueza nesse jogo, e na vida, é nunca estar preparado para a maneira como os outros agirão. Estes estão predeterminados, mas são complexos demais para solucionar ou prever, e existem regras que ele não sabe aplicar tão bem.

"Mas nenhuma de nossas máquinas pensa. Não tomam nenhuma decisão real."

"Não ainda, não ainda. Mas começamos agora. Não será necessário construir uma máquina diferente para cada tarefa. Uma máquina universal dará conta de todas as tarefas. Será uma questão de programar a máquina universal para realizar diferentes tarefas. Todas essas dez mil pessoas trabalhando em Bletchley, anotando letras ao se acenderem, mecanicamente mudando os rotores, serão substituídas por uma só máquina. Uma mudança mecânica das rodas corresponderá então a diferentes instruções para a máquina eletrônica única. E não apenas as tarefas maquinais, mas as tarefas dos criptoanalistas também. As próprias instruções acabarão sendo o domínio das máquinas. E aí, Joan, aí elas pensarão."

"O que você quer dizer com 'pensarão'? Como ela pode pensar? Como você saberia se uma máquina estivesse pensando?"

"Perguntando a ela."

"Perguntando a ela?"

"Sim, se ela consegue imitar o pensamento consciente, quem somos nós para dizer que não está fazendo isso?"

Faz-se uma pausa enquanto Joan internamente testa seu próprio ateísmo. "Se estamos apenas executando programas, quem fez a programação?"

"A seleção natural. Forças astronômicas e químicas estimularam o cérebro à mutação. Entendemos matemática porque somos criados por forças que obedecem à matemática. Por isso conseguimos descobrir números e suas relações, não porque percebemos outra realidade, como acredita Gödel. Mas porque faz parte de nossa programação." Aí ele acrescenta: "Ouvi dizer que Gödel é um pouco estranho".

"Oh, *ele* é meio estranho, não é?"

"Sim. Quase o encontrei certa vez em Princeton, alguns anos atrás, mas ele sofreu um colapso nervoso e retornou a Viena durante meu ano no Instituto de Estudos Avançados. Alguns dos lógicos que eu esperava encontrar lá estavam ausentes, mas acho que não me importei com a ausência de ninguém, exceto com a de Gödel".[11]

Sincero. É o que ele é: sincero. Isso desperta o carinho de Joan, tanto quanto seu ressentimento. "Acho que ele simplesmente está programado para ser estranho. Como alguns outros que conheço."

"Sim." Distraído. Alan é sincero *e* distraído.

"Alan, quando você me explicou o teorema da incompletude de Gödel, disse que havia enunciados verdadeiros que nunca poderiam ser provados. Está certo? Quer dizer que Gödel provou que podemos reconhecer enunciados verdadeiros, ainda que não possam ser logicamente provados?"

"Provou."

"Então, se uma máquina é programada para ser perfeitamente lógica e só consegue seguir um passo lógico após o outro, como poderá reconhecer um desses enunciados verdadeiros, mas não comprováveis? E, se ela não consegue ver uma verdade tão claramente como você ou eu, por seguir cegamente uma série de instruções, como podemos considerá-la inteligente? Acho que estou querendo perguntar se os teoremas de Gödel, e até o seu próprio, implicam que máquinas *nunca* conseguem pensar."

Alan sorri descontrolado enquanto assente rapidamente com a cabeça e move nervosamente os joelhos. Ele adora Joan quando ela está assim. Ele de fato a adora assim. "Eu diria que temos que ser justos com a máquina. Não é uma máquina infalível que queremos, e sim uma máquina *inteligente*. Se esperamos que uma máquina seja infalível, não pode ser também inteligente. O teorema de Gödel implica quase exatamente isso. Quando programamos uma máquina, queremos apenas colocá-la em ação. O que realmente queremos, suponho, é construir uma máquina capaz de se adaptar, de modo que seja como qualquer ser vivo que parte de um programa simples e desenvolve uma inteligência complexa. Então nós as teremos: máquinas que são tão vivas como nós. Tão livres, ou não, como nós.

Ele pára para refletir.

"É preciso permitir à máquina contato com seres humanos para que possa se adaptar aos seus padrões. O jogo de xadrez talvez seja bem adequado a esse propósito, pois os lances do adversário automaticamente fornecerão esse contato."[12]

"Como sua adversária humana, Alan, sinto-me honrada por poder lhe fornecer alguns padrões apropriados." Ela o adora também quando ele está desse jeito. Adora seus cabelos emaranhados, pele viscosa, roupas imundas, e tudo o mais. Os próprios cabelos dela não estão mais alinhados do que os de Alan nesta hora avançada. Estão encaracolados, e os caracóis se soltaram, mas ela sabe que Alan não se importa, assim como ela.

"Como você poderia escrever instruções que permitam a uma máquina se adaptar? Talvez não seja possível, e é exatamente esta nossa capacidade de nos adaptar e mudar que nos torna livres."

"Sim, mudamos, mas de forma determinada. Existe um input que é interpretado por nossas configurações internas para produzir um output que muda nossa configuração interna. De modo que mudamos. Isso não é liberdade. De detestar brócolis passamos a adorar brócolis. Isso não é livre-arbítrio."

"E os saltos criativos, os saltos da intuição?"

"Neurônios soltam uma descarga junto de outros neurônios, enviando sinais físicos. O salto criativo foi inevitável, determinado numa configuração interna e no input recebido."

"E se alguém pudesse alterar sua configuração? Ministrar uma droga que mudasse sua maneira de sentir."

"Se minha própria estrutura fosse mudada, aí sim eu teria desejos diferentes, faria escolhas diferentes. Mas isso não seria *eu*. *Eu* estaria morto e distante. Você está configurada para ser Joan Clarke. As escolhas que você faz não passam do output de uma série complexa de rotores internos. Você se sente livre, mas não é. Nem eu."

Raivosa, ela agarra seu cavalo e muda a peça de posição, rachando o alto da estatueta com a força de sua contrariedade, enquanto tripudia: "Xeque-mate".

Ele franze a testa, espantado, e sua boca se escancara enquanto ele esquadrinha o tabuleiro em busca de todos os lances perdidos que imaginou. Sorrindo, realmente fascinado, concilia-se com esse desenlace, ainda encarapitado bem alto sobre os joelhos. Depois cai sobre os calcanhares e diz: "Minha heroína. Vem, Joan, vamos tricotar. Você pode me ensinar como terminar as luvas que comecei".

Wilmslow, Inglaterra, 1952

Eis o que faltava em Hollymeade, em 23 de janeiro. Uma garrafa aberta de xerez, uma camisa limpa, uma calça usada, sapatos nada espetaculares, um bom conjunto de navalhas, facas de pesca pouco usadas e uma bússola adorada. Hollymeade é uma casa vitoriana meio isolada na cidade de classe média de Wilmslow, localizada a dezesseis confortáveis quilômetros de Manchester, onde Alan Turing continua sua vida do pós-guerra, contratado para supervisionar o projeto de um computador enorme na Universidade de Manchester.

Em 3 de fevereiro, Alan foi pessoalmente à delegacia de polícia. Havia descoberto o nome do ladrão, fornecido por um informante. Enquanto isso, o informante aguardava num banco do outro lado da rua.

Arnold Murray. O informante. Aos dezenove anos, sua pele já é esmaecida, seus cabelos são esmaecidos, suas convicções são esmaecidas. Ele é pálido, de olhos pálidos e cabelos pálidos, como se a cor não aderisse, assim como ele não adere a nada. Incapaz de manter um emprego. Incapaz de manter um relacionamento com uma mulher. Incapaz de manter um relacionamento com um homem. O que ele mantém, infelizmente, é a expressão de menino que viu a mãe ser espancada por um pai de quem jamais gostou muito. Certa vez, indo de carona até Londres, tentou fugir do gueto de Manchester, onde continua morando com a mãe espancada e o pai ocasionalmente empregado. Mas logo foi devolvido ao frio e à chuva, ao desemprego e à desesperança desse mesmo cortiço aparentemente inevitável depois que um furto desastrado resultou numa sentença probatória. Na falta de idéias melhores, vive à deriva pela Oxford Street, em Manchester, assim como vive à deriva pela vida, esperando se fixar em algo.

Quando Alan estava em Cambridge, circulavam fofocas em torno de Wittgenstein e suas andanças ao longo da Oxford Street, quando ele estudou aeronáutica na Universidade de Manchester. Com seus pubs escuros, lojas e pedestres anônimos, a Oxford Street oferece esquinas e intersecções onde se pode buscar aventura, talvez um rapaz mal barbeado. Mas as voltas de Wittgenstein ao longo da rua eram encorajadas pelo fascínio e pelo terror à vista ocasional de um prostituto sensual. Ele nunca apanhou um, mas corria para casa a fim de registrar suas experiências e seus desejos num código infantil (prevenindo-se para a eventualidade de alguém espiar furtivamente seus cadernos). Os exageros sobre as proezas de Wittgenstein transformaram em mito o trecho sórdido em Manchester, fazendo com que, de tempos em tempos, Alan tentasse uma caminhada ao longo da Oxford Street na esperança de encontrar um rapaz mal barbeado. Acabou encontrando.

Tendo captado o olhar de Alan enquanto fingia admirar uma vitrine, Arnold pode ter esperado um convite para um breve encontro ilícito nas arcadas abandonadas da ferrovia, mas isso não constava da lista curta de opções que Alan cogitara. Em vez disso, Arnold foi convidado a visitar sua casa para um almoço apropriado, a mesa belamente disposta com a ajuda da governanta de

Alan. Apesar da crônica falta de traquejo social, Alan nascera como um privilegiado da classe média alta e até adotava alguns paramentos de sua classe, aleatoriamente selecionando modos, moralidades e maneirismos e aleatoriamente rejeitando outros. Seu status e sua realização faziam dele uma companhia melhor do que Arnold poderia ter esperado encontrar nas ruas. Foi a tão esperada compensação para Arnold por sua vida mísera. Assim o caso deles começou.

Houve dois jantares. Alguns chás. Conversas até tarde da noite num pequeno tapete diante da lareira. Algumas noites passadas juntos. Embora dinheiro mudasse de mãos (das de Alan para as de Arnold), não se tratou, estritamente falando, de prostituição.

Então sumiu dinheiro da carteira de Alan. Acusações. Algumas brigas. Algumas zangas. Pedidos de desculpas. Uma tentativa de reconciliação. Até que Hollymeade foi saqueada. Embora Arnold possa não ter roubado o xerez, a camisa, a calça, os sapatos, as navalhas, as facas ou a bússola adorada de Alan, não seria injusto concluir que o furto foi, de fato, culpa sua. Ele se vangloriou de seu relacionamento, após uma terceira cerveja com um amigo num pub na Oxford Street — não tinha muita coisa de que se vangloriar afora sua amizade com um acadêmico eminente —, e essa má companhia dos pubs e das ruas foi o criminoso que surrupiou o estranho sortimento de objetos pessoais de Alan. Não seria exato dizer que Arnold Murray ficou completamente mortificado com essa imprudência lubrificada pela cerveja, mas ao menos se sentiu constrangido e até se arrependeu. Enquanto Alan repassava a informação à polícia na delegacia local, um Arnold contrito aguardava num banco do outro lado da rua. Na tarde seguinte, dois detetives — um grandão, sr. Wills, e outro baixinho, sr. Rimmer — tocaram a campainha da porta de Alan.

O sr. Wills havia sido vigilante da defesa aérea durante os ataques aéreos dos alemães. A cada noite, havia patrulhado Roman

Road, no East End de Londres, com seu emaranhado de ruelas e becos sem saída. Berrava com os moradores descuidados que deixassem aberturas ao redor das janelas por onde as lâmpadas brilhassem e iluminassem as calçadas: um pequeno volume de luz na cidade invisível, mas uma violação grave do blecaute. Batia na janela. "Tem uma luz aparecendo", gostava de gritar. Decorreram vários meses angustiantes até que as patrulhas de meia-noite de Wills abruptamente se tornaram tranqüilas com o cessar dos ataques (em grande parte graças à decifração de códigos por Alan), embora o joelho do detetive continue doendo dos ferimentos repetidos quando habitualmente calculava mal a distância e caía do meio-fio nas noites mais escuras.

O sr. Rimmer, por sua vez, teria provavelmente perdido a vida como um jovem soldado da infantaria ligeiramente incompetente se a guerra não tivesse acabado graças às informações valiosas sobre as transmissões nazistas fornecidas pelas máquinas de Alan. Cada uma dessas vidas parece uma órbita solitária pela história, mas esses acontecimentos se ramificam numa cascata de conseqüências como uma teia de relâmpagos. Este parece ser o primeiro ponto de contato deles com Alan, mas não passa de um entre vários vértices. Alan no bosque. Sua idéia. A decifração do código da Enigma. O fim dos ataques aéreos. A vitória na guerra. A atribuição de um caso trivial a um detetive veterano. Assim como o sr. Rimmer e o sr. Wills tinham ligações desconhecidas com Alan (à semelhança de um graduado da Sherborne School que passou algumas noites na loja Felix and Lane's tomando a sopa da sra. Maddox), o rapaz que roubou a casa de Alan também tinha. Oficial recentemente liberado pela Marinha, Harry, o ladrão, certa vez serviu num navio que, em vez de ser destruído por um submarino, foi desviado com a ajuda das mensagens interceptadas que Alan traduzira. Há inúmeras outras dessas ligações e reviravoltas do destino que são difíceis demais de rastrear e compilar numa lista que seria longa demais para controlar. De modo que temos aqui apenas um fragmento de Alan desempenhando certo papel em sua própria morte.

Wills espreme suas coxas formidáveis numa cadeira do escritório de Alan, removendo papéis espalhados cobertos de cálculos, enquanto afaga a velha ferida do joelho.

"Sentimos muito perturbá-lo, senhor Turing. Sentimos muito, mas precisamos esclarecer alguns aspectos do seu relato. Poderia voltar a descrever o informante que revelou a identidade do suspeito?"

"Tem uns vinte e cinco anos, um metro e oitenta, cabelos pretos."

"Temos razões para acreditar que sua descrição é falsa. Eu achava que o senhor Murray fosse loiro e não tão alto assim. Por que está mentindo?"

"Oh, então vocês sabem sobre o senhor Murray."

"Sim, sabemos. E o senhor Murray é loiro e não tão alto assim. E um pouco mais jovem."

"Sim, é mesmo. Tem cabelos loiros finos, olhos azuis. Tem uma constituição média, e não é nada confiável."

"Por que nos enganou sobre a identidade do informante?"

"Porque tivemos uma relação."

"Uma relação?"

"Uma relação."

"Se incomodaria de nos dizer que tipo de relação teve com ele?"

"Uma relação homossexual. Tivemos três relações sexuais diferentes em particular. Devo contar como foram?"

"Sim, certo, senhor, por que não?"

E ele conta. Oferecendo-se para transcrever os detalhes numa declaração por escrito, cinco páginas num estilo oficial claro que satisfaz o gosto dos detetives pela linguagem técnica.

"Realmente uma declaração adorável, parece até literatura", o grandão comenta, mostrando ao pequeno, "embora parte da construção das frases esteja além do meu alcance."[13]

Ao deixarem Hollymeade, Wills sente uma pontada de melancolia. "Só estou preocupado com a sem-vergonhice do professor."

"Sim", o detetive baixinho concorda elevando as sobrancelhas, e depois, solenemente: "Eu também".

"Vamos ter que denunciá-lo."

"Sim, vamos ter."

"Pouca vergonha."

"Pouca vergonha isso."

Em 27 de fevereiro, Alan Turing e Arnold Murray são detidos pelo crime de atentado grave ao pudor, contrário à Seção 11 da Emenda à Lei Penal de 1885.

Alan não vê Joan há anos, mas até ele entende que ela terá de saber através dele. Com qualquer outro — na cantina do trabalho, em torno do computador de Manchester, nos encontros científicos da Royal Society —, ele fala livremente, até em voz alta, sobre a natureza das acusações contra ele. Sua fama é um desafio mais do que recompensador para quem ouse julgá-lo. Mas, antes que a notícia chegue aos jornais, como acontecerá, ele precisa encontrar métodos mais delicados, conseqüentemente menos acessíveis, de contá-la ao seu irmão, à sua mãe e a Joan. Escreveu ao irmão primeiro. A carta de Alan ao irmão começou com: "Suponho que você saiba que sou homossexual".[14] Isso foi tudo que John leu antes de amassar a carta e enfiá-la no bolso da calça, de modo que perdeu o final: "Quando vier a Manchester, talvez você encontre algum tempo para me visitar na prisão".[15] Depois que seu irmão recusou-se a informar a mãe viúva, Alan pegou um trem até Guildford para lhe contar — não explicar, apenas expor os fatos. Brigaram, mas não asperamente. O pouco que entendeu ela removeu da superfície dos pensamentos e assumiu uma postura firme em defesa de seu filho mais talentoso (embora, sem dúvida, anormal) contra acusações vagas e irreproduzíveis.

E agora ele enfrenta a tarefa complexa de informar Joan. Redige esta carta:

Querida Joan,

Percebo que não nos correspondemos faz quase sete anos, e você talvez fique chocada ao ouvir notícias minhas. Possivelmente ainda mais chocada ao descobrir por quê. Lembra de quando o nosso noivado acabou e citei Oscar Wilde:

No entanto cada um mata o que adora:
o seu amor, o seu ideal.
Alguns com uma palavra de lisonja,
outros com um duro olhar brutal,
O covarde assassina dando um beijo,
o bravo, mata com um punhal.[16]

E você disse que escolhi um péssimo momento para recitar o poema e para me retirar do nosso relacionamento? Bem, não melhorei em termos de poesia, infelizmente, nem aparentemente em me explicar. Queria que você soubesse através de mim. Fui preso e logo irei a julgamento. As circunstâncias são bem semelhantes às que cercaram o lastimável processo de Wilde, embora eu espere que elas sejam menos selvagens do que eram. Eu lhe contei que tinha tendências homossexuais. Deveria ter lhe contado que pratico ocasionalmente.[17]

Minha casa em Manchester foi roubada. Todo mundo diz que eu deveria ter esquecido a invasão e deixado o incidente passar, mas aquilo foi tão errado, Joan, que não consegui tolerar. Notifiquei a polícia. No decorrer da investigação, descobriram que eu mantinha um relacionamento com um dos suspeitos. Bem, não é realmente um suspeito (embora eu tenha minhas dúvidas). Trata-se mais de um informante. Intencionalmente ou não, como resta a ser descoberto, ele conduziu o ladrão à minha porta. Bem, é isso. Fui roubado e agora sou eu que vou a julgamento. Queria que você soubesse através de mim.

Meus dias de criptoanálise estão chegando ao fim. Estava ajudando alguns criptoanalistas como civil, mas você deve ter ouvido sobre os diversos inquéritos que aconselharam o governo a se livrar dos homossexuais. Eles insistem que os homossexuais são, de algum modo, mais vulneráveis à chantagem ou à fraqueza emocional e moral. Como chegaram a essa conclusão, ignoro. A fibra moral fraca daqueles oficiais casados envolvidos em casos amorosos ardentes me vem à mente como um contraponto. Mas você provavelmente preferiria não saber das graves conseqüências de minha imprudência.

Ele interrompe a carta, insatisfeito com o tom canhestro que não consegue evitar. Esse rebaixamento o fere. Ele nunca se vangloriou de suas realizações durante ou após a guerra. Nunca falou de Bletchley Park. Nem a seu irmão. Nem à sua mãe. Nem aos poucos amigos de faculdade. Nunca contou as histórias cheias de suspense dos dias terríveis quando comboios britânicos se perdiam, porque as transmissões alemãs interceptadas estavam ocultas num código impenetrável, quando suas idéias brilhantes foram postas em ação com engenhosidade e rapidez e, mesmo assim, o que obtinham de volta era código secreto, e soldados britânicos morriam, e pensaram que os alemães fossem invadir, e Londres cheirava a cinzas, e perdiam noite após noite de sono e a esperança, até que houve a reviravolta. Essas são histórias que Alan nunca contou.

Mas ele adorava o trabalho. O quebra-cabeça. A realidade do

problema. A solução teórica ganhando vida como uma solução material: uma máquina, um computador. E, quando se tratava de decifrar códigos secretos, Alan era um astro. Ele era o melhor. Chegava a ser um líder, ainda que heterodoxo, encarregado de decifrar as transmissões que o dia inteiro chegavam de submarinos, de comandantes em terra, de barcos meteorológicos, do próprio Führer. Passou uma vida inteira naquela cabana de tijolos com seu chão duro que havia desenvolvido veios e acumulava pequenas poças d'água. As cabanas estavam atulhadas de escrivaninhas de madeira dispostas em arranjos absurdos, e as escrivaninhas estavam cobertas de papéis ampliados marcados por fileiras e fileiras de texto codificado. Colunas de WFLX e RTVN ligadas a colunas de números e regras e adivinhações, tudo menos texto alemão legível.

Alan conseguia facilmente procurar textos comuns reconhecíveis que servissem de chaves criptográficas por trinta e seis horas a fio, até enfim sucumbir a uma exaustão antes despercebida. Todos trabalhavam neuroticamente numa sala apinhada, afogados em listas e cartões perfurados e cestas de arame repletas de transmissões recebidas e vazias de transmissões traduzidas. O matraquear das peças das máquinas substituía a cadência da conversa, enquanto todos se inclinavam sobre as folhas perfuradas, canetas pendendo e secando no ar. Pareciam alunos estudando para os exames de Cambridge ou Oxford, o que muitos de fato eram. Mulheres com cabelos cacheados em formas esculpidas trajando suéteres folgados com ombros arredondados. Homens sem uniforme, tipos professorais como eram chamados pelo almirantado, dedos enterrados nos cabelos, e por toda parte uma camada de folhas com letras misturadas que descreviam invasão, a destruição de Londres, os planos nazistas. Seus dedos tocavam naquelas letras e, mesmo assim, não sabiam quais planos elas descreviam. As baixas vinham aumentando no

Atlântico, e a Inglaterra estava paralisada. Meses e meses, e continuavam na estaca zero.

Uma pessoa poderia tentar o jogo vão de configurar arbitrariamente os rotores e digitar no teclado da Enigma uma mensagem criptografada interceptada, só para ver no que isso resultaria. Mas havia trilhões de combinações possíveis, sendo portanto totalmente improvável achar por acaso a configuração usada pela Enigma Naval alemã. Então Alan teve sua idéia do bosque. Tão brilhantemente esquisita. Eles muitas vezes conheciam um pequeno fragmento do significado de parte de uma mensagem criptografada: a data; feliz aniversário, Führer; o tempo. Alan viu como poderiam usar essa chave criptográfica para excluir o grosso das configurações de rotores erradas, a saber, aquelas incapazes de reproduzir o pequeno fragmento de texto.

Alan projetou uma máquina eletromecânica que interligava uma série de máquinas Enigma. Chamou-a de Bombe, nome de um protótipo polonês. A Bombe percorria a profusão de configurações de rotores e eliminava quantidades enormes de configurações erradas. Com isso, restava uma árvore fina de possibilidades a serem manualmente examinadas. Havia certa correria em torno da Cabana 6, para onde as transmissões da Luftwaffe eram enviadas. Todos se ofereciam para fazer o que pudessem. Alguns dos demais criptoanalistas sugeriram melhorias engenhosas à idéia de Alan, que, por sua vez, aperfeiçoou-as ainda mais. Um protótipo foi construído e testado. Isso, é preciso dizer, deixou-o feliz.

Suas máquinas funcionaram. Sete Bombes revolvendo as trilhões de possibilidades a fim de decifrar as transmissões. Churchill solicitava as mensagens decifradas, às vezes mil por dia, tantas quantas conseguisse examinar, levando suas favoritas aos centros de comando para inspirar suas decisões táticas. O primeiro-ministro até arrumou tempo para vir de Londres e visitar a Cabana 8, onde tentou cumprimentar Alan, cuja mão tremia. Foi mais fácil obter a palma de Alan do que seu olhar, que virava para todos os lados, menos para o rosto do primeiro-ministro. Seu riso tão ansioso que soava como um alarme de uivos e soluços.

O noivado de Alan com Joan pode não ter sido a fonte principal de sua felicidade. Mas ela era sua melhor amiga. Esteve ao seu lado quando ele configurou os rotores e o painel da Enigma e pressionou com o polegar o teclado para ler as letras que se acendiam. Ela esteve ali para perguntar, com entusiasmo incontido e pura ansiedade: "Alan, o que isso significa? O que significa?".

"Sei lá. Não tenho a menor idéia." Ela esteve ali para ouvir seu riso caótico, aquele riso de metralhadora enquanto golpeava o teclado com seu dedo sulcado: "Mas é alemão". Ela esteve ali para aquela felicidade. E isso tem lá sua importância.

Alan recomeça sua carta para Joan:

Aqui está uma história divertida que acho que você vai gostar. Bem típica realmente. Fui a Blackpool com uns amigos, meus vizinhos, os Greenbaum. O vento do oceano soprava tão forte que tínhamos que nos inclinar para a frente, e todos pareciam congelados num mergulho de cabeça na areia. Ao longo da calçada, sob as arcadas, vi o cartaz de uma cartomante, a Rainha Cigana! Paramos para descansar da ventania, e resolvi visitar a Cigana por um minuto. Você sabe muito bem que acho os paranormais uma total besteira, mas mesmo assim sou atraído pelo espetáculo. É como aquele bonito desenho animado que vimos juntos, *Branca de Neve*. Claro que sei que aquilo não é real, mas mesmo assim adoro ficar vendo e revendo. Lembra como não conseguíamos desgrudar os olhos de cada movimento da Branca de Neve e passamos o ano inteiro cantando "Mergulha a maçã na jarrinha e deixa a morte, que nos adormece, entrar"? Bem, a Rainha Cigana parecia exatamente a Rainha da *Branca de Neve* quando se transformou em bruxa, só que ainda mais velha, impossivelmente velha. Sua pronúncia era tão confusa que mal consegui entender o que ela estava dizendo. Pôs um copo d'água no centro de uma mesinha redonda e me fitou através da bebida por um longo e incômodo momento. Foi realmente sinistro. O reflexo de seus olhos espalhado ao redor do vidro lembrava enormes globos oculares de peixe. O quarto, de tão pequeno, me deixou agitado, e eu não sabia para onde olhar, e comecei a ficar meio nervoso quando ela enfim gritou e derrubou a mesa, estilhaçando o vidro. Não sei o que ela estava xingando, mas era estridente, e deixou os pêlos da minha nuca eriçados. Gritei também e fugi. Estava totalmente perturbado e fiz papel de bobo. Transpus o reposteiro púrpura da entrada, pálido como um fantasma segundo meus amigos, e desci a praia correndo para dentro de uma tempestade tão forte que pensei que eu fosse dissolver! Meus amigos me encontraram na parada de ônibus, e viajamos de volta a Manchester juntos, mas não consegui proferir uma palavra sequer. Claro que me senti um completo palhaço. Meus vizinhos ainda não me telefonaram de volta, e nem sei se o farão. O incidente foi como a vez em que acordei todo mundo em Bletchley no meio da noite porque cismei que havia me envenenado acidentalmente. Lembra que você teve que convencer os seguranças de que eu não era um Perigo Público? Gostaria que você estivesse aqui para convencer os Greenbaum.

O trabalho nos computadores de Manchester vem avançando, e estou certo de que essas máquinas serão indispensáveis um dia e de que as próprias máquinas se convencerão disso! Ao menos vencer uma delas no xadrez lhe pareceria mais desafiador do que era me vencer.

Parabéns por seu noivado recente.

Atenciosamente,
Alan Turing

Alan rasga sua carta a Joan e manda esta no lugar:

4 de fevereiro de 1952

Querida Joan,

Queria que você ficasse sabendo através de mim que fui preso por atentado grave ao pudor e enquadrado na Seção 11 da Emenda à Lei Penal de 1885. Haverá um julgamento e você deve estar preparada para ler essa notícia desagradável nos jornais. Durante a guerra lhe contei sobre as minhas tendências homossexuais. Deveria ter lhe contado que pratico ocasionalmente. Só posso esperar que eles sejam menos cruéis do que eram no tempo de Oscar Wilde.

Toda esta saga supera a época em que fui momentaneamente detido ao surgir do bosque após depositar minhas barras de prata no riacho. Lembro que você se divertiu com o episódio. Caso não seja preso, tenho que retornar a Buckinghamshire um dia desses e recuperar meu investimento.

Lembro com saudades aqueles tempos e a nossa amizade.
Parabéns por seu noivado recente.

Atenciosamente,
A. M. Turing

Princeton, Estados Unidos, 1977

Quase saindo de Princeton, numa casa simples, baixa, retangular, Kurt come um único ovo de café-da-manhã e bebe uma colherinha de chá. O dia começa bem, com um movimento intestinal quase perfeito. Então Adele prepara seu café-da-manhã sem incidentes e parece menos persistente do que de costume em suas tentativas de fazer com que coma mais do que seu único ovo e sua colherinha de chá habituais. Ele ajustou perfeitamente sua ingestão de alimentos específicos, precisamente balanceada com sua ingestão de Leite de Magnésia e ExLax — balanceada até a última gota. Isso tem controlado sua úlcera, que sangrou no ano passado, e aliviou a dor de estômago associada, que subia do lado direito e descia pelas costas, tão alta e forte que quase queima a aurícula de seu coração através da mucosa dos órgãos. A administração nos horários certos dos bocados de comida versus laxante também acalmou sua indigestão e constipação. Foram necessárias duas décadas para chegar a esse esquema tão preciso. O diário que ele mantém de seu ciclo gastrointestinal, sua temperatura e seus movimentos intestinais tem sido precioso na elaboração de sua própria prescrição.

Após o desjejum, ele se isola na sua escrivaninha simples. Quase não vai mais ao instituto. A vantagem é a privacidade. A desvantagem é a proximidade da atenção discreta de Adele. Mas hoje ela não resiste à fuga dele para sua escrivaninha. Está quase quieta, e ele mal percebe seu movimento arrumando as coisas. Ele não sabe em que trabalhará hoje. Suas idéias têm sido fragmentadas, sem foco. Faz tanto tempo que não sente a ambição necessária para completar um cálculo ou um artigo que teme que tenham sido realmente anos.

Adele está terminando de arrumar o aposento, mas gosta de estar perto de Kurt, de modo que se curva, compondo uma forma ampla e baixa, e começa a esfregar o tênue sinal de poeira dos rodapés junto à escrivaninha. Sem muita convicção, põe-se a reclamar brandamente da faxineira, uma polonesa forte de quem ficou amiga, mas por motivos que a própria Adele não consegue entender a crítica fraca se desvanece. É quase como se ela não estivesse a fim de falar hoje. Só está a fim de ficar por perto.

"Não há quase mais ninguém para conversar", Kurt comenta com Adele, falando em direção de suas ancas.

Kurt está também num estado de ânimo estranho hoje.

"Então converse comigo", ela propõe. Seus braços parecem pesados, vacilantes.

"Se Einstein estivesse aqui, eu ainda poderia ir ao instituto."

"Sim", ela diz, encontrando um propósito renovado por trás de sua tarefa. "Mas ele se foi há vinte anos. Você ainda tem Oskar", Adele diz. "Seja grato por isso."

Ele é grato. Kurt manda Adele sair de casa para poder telefonar para seu último amigo vivo, Oskar Morgenstern. "Adele-la, poderia trazer uma maçã lá da mercearia?"

"Sim, Kurtele. Claro. Por que não? Uma maçã."

Ela se endireita, esfrega as mãos no outro lado do pano, quase limpo, acaricia a cabeça de Kurt uma só vez ao deixar a sala, apanha o casaco no gancho da parede e tranca a porta ao sair.

Kurt disca o número, de que se lembra melhor do que do seu próprio.

"Alô", Oskar atende.

"Ninguém no instituto me respeita."

Desejando poupar a esposa das repetições enfadonhas que as ligações de Kurt exigem, Oskar fala baixinho para ela: "Gödel", e acena para que se afaste: "Kurt, *eu* respeito você".

"Levaram *vinte anos* para me nomear professor titular." Sua voz está tensa.

"Sim, Kurt, isso foi um erro", Oskar admite sinceramente. "Isso foi um erro."

"Se eu morrer, você tem que prometer que publicará meu artigo refutando a tese de Alan Turing sobre os limites da mente. Uma máquina de Turing é um conceito, equivalente a um procedimento mecânico ou algoritmo. Turing conseguiu substituir totalmente o raciocínio por operações mecânicas sobre fórmulas: por máquinas de Turing. Bom, não é? No entanto, será que devemos igualar a alma humana a uma máquina de Turing? Não. Existe um erro filosófico no trabalho de Turing. Turing, em seu artigo de 1937, na página 250, expõe um argumento que pretende mostrar que os procedimentos mentais não podem ir além dos procedimentos mecânicos. Entretanto, seu argumento é inconcludente. O que Turing ignora totalmente é o fato de que a mente, em sua atividade, não é estática, mas está em constante desenvolvimento.[18] Eles o assassinaram, percebe?"

"Pensei que tivesse sido suicídio", Oskar responde distraído.

Kurt continua: "O governo envenenou sua comida. Venho também trabalhando numa prova formal da existência de Deus. Mas ainda está inacabada. Não quero que nossos colegas pensem que estou maluco. Talvez você não deva publicar essa prova se eu morrer".

"Kurt, *sou eu* que estou morrendo!", Oskar suplica.

Gödel minimiza a doença de Oskar. "As suas pernas logo se recuperarão da paralisia", diz Kurt, cuja própria situação não parece menos penosa.

"Kurt, estou com câncer. Câncer! Não vou melhorar."

"O câncer vai ceder."

"Não, Kurt, não vai. Já entrou em metástase. Não vai ceder. Não posso mais negociar com seus editores. Nem com seus médicos. Nem com sua esposa", de quem, para ser honesto, Oskar jamais gostou. Achava Adele vulgar, a atração de Kurt por ela era um mistério incômodo. Reclamava com a própria mulher: "Ela é o tipo da lavadeira vienense: tagarela, inculta, obstinada".[19] Quando Adele ria, a sujeira dos dentes aparecia. Oskar sempre esperava um resfôlego ou dois, embora, para ser justo, não fossem tão freqüentes que justificassem uma vigília.

Após algum tempo, Kurt pergunta: "Tem recebido notícias de Viena?".

"Quase não há mais ninguém lá."

"Sim."

Oskar dá de ombros para a esposa, que se arrisca a voltar ao aposento. Ouve a linha telefônica silenciosa: "Kurt?".

"Adeus, Oskar."

"Adeus."

A ânsia de ligar para Oskar ressurge tão logo Kurt devolve o fone ao gancho, mas ele resiste por uns minutos. Por uns momentos, organiza todos os recibos da lavanderia, folhetos, cartas antigas, vouchers e outros detritos aleatórios que ele guarda. As papeletas o aborrecem. Sente-se soterrado, tolhido pelas obrigações, mas incapaz de ignorar até o mínimo detalhe, incapaz de avançar até nas tarefas mais triviais a não ser pela mais exaustiva série de passos lógicos. Precisa atentar a cada estágio de cada processo, à custa de seu trabalho e de seu bom humor. Quando os papéis estão logicamente ordenados, liga para Oskar: "Lembra-se de Olga Hahn-Neurath?".

Ao deixar a casa, Adele grita: "Será bom dirigir sem ter um gênio no carro", mas sabe que foi baixo demais para ele ouvir. Ela gosta de dizer isso, por exemplo, quando leva os Morgenstern de carro para casa após uma visita. "É tão bom dirigir sem ter um gênio no carro,[20] vocês nem imaginam", costumava dizer em alemão para a imagem irritada de Oskar no espelho retrovisor, enquanto sua esposa, Dorothy, virava, com ar de espanto, para olhar pela janela do banco do passageiro.

Mas hoje, por alguma razão, põe as chaves de volta no bolso ao passar pelo carro na entrada e percorre a pé os poucos quarteirões até a mercearia local. Tenta evitar qualquer conversa desnecessária com o caixa, pois seu inglês sofrível ainda a deixa bem envergonhada. Sem proferir palavra, paga pela fruta que selecionou com cuidado. Todas as escolhas anteriores em todos os dias anteriores durante vários meses foram rejeitadas. Ela escolhe, ou pelo menos tem a impressão de ter escolhido, uma maçã suficientemente pequena para não intimidá-lo, de um vermelho-claro para não parecer artificial ou contaminada, e que conserve uma pequena haste sem nenhuma razão específica. Ela volta da loja para casa, pesadona, maçã na mão, coxas mais pesadas do que eram antes. Parecem grandes e redondas enquanto transpõem a rua, expulsando o cimento e a terra para trás dela. O cós de sua meia-calça tornou-se um arame punitivo sem nenhum local de repouso natural. E não há absolutamente como acomodar a forquilha losangular de algodão branco, normalmente alinhada com uma coxa como uma gaze gigante mal aplicada. A meia incomoda na parte superior dianteira da coxa, e descendo pelas costas, a cada passada como um tipo de ponto de costura. Sua carne roça o náilon até que ele se torce e corta, afiado qual corda de piano. "Pff", ela assovia, uma melodia ao mesmo tempo de autocomiseração e aceitação. Ela pensa: "Minhas coxas estão roliças como uma laranja da Flórida intumescida. Descascada. Como uma laranja da Flórida roliça, descascada, intumescida". Frutas em sua mente.

Pela janela, Kurt observa Adele retornar da mercearia e agachar-se sobre uma sebe decorada com um flamingo rosa de plástico que ela instalou no gramado da frente. Ela se impressionou com as cenas da natividade que apareceram na vizinhança em dezembro passado e quis um ornamento próprio. "É uma gracinha", Gödel concordou.[21] Ela desiste do jardim e bamboleia porta adentro. Está cansada. Seus cabelos se soltaram dos grampos colocados às cegas e seus óculos perderam a aderência. Ela arranca a meia-calça, deixando-a pendendo do espaldar de uma cadeira de cozinha de vinil verde. Tendo começado a fumar, pára na cozinha a fim de acender um cigarro imaculadamente enrolado na máquina que encontra no bolso de guardar tabaco de seu casaco escuro, que ainda não tirou. Faz beicinho para soprar a fumaça até os olhos, um complemento azul-acinzentado vago aos seus olhos azuis-acinzentados definidos. Fuma o cigarro até queimar o filtro e o apaga. No gabinete, encontra Kurt tal e qual o deixou, o filho que ela nunca teve, e entrega-lhe a maçã.

Ele inspeciona a casca grossa da pequena fruta vermelha. Está enrugada e marcada e escurecendo em torno da covinha onde foi arrancada da macieira. Ele procura provas de perigo, furos, sinais de que o dono da mercearia está em conluio com os médicos para envenená-lo. Acha uma marca funda demais, perfeita demais para ser natural. Joga fora a fruta. Pedirá a Adele outra maçã amanhã e no dia seguinte e no dia depois daquele como fez no dia anterior e no dia antes daquele. A cada dia, jogará fora a fruta envenenada.

"Por quê, Kurtele?" Ela grita ante a fruta descartada, ambos os braços estendidos queixosamente, mão espalmada, um braço mais baixo que o outro, devido ao peso da alça da bolsa, no casaco escuro que ainda não tirou.

Ele ignora a pergunta. "O aquecedor que você comprou na Sears está soltando gases venenosos. O cheiro aderiu ao meu nariz e impregnou os cabelos. Chamei a Sears para que levem de volta."

"Levar de volta? Vamos congelar no inverno. De novo? Quer que a gente congele por todo o inverno?"

"Adele, aquilo ataca meu coração."

"Não há nada de errado com o seu coração, Kurtele. Os médicos juram. Checaram umas mil vezes. Seu coração está bem, muito bem", ela gesticula diante dele como que para expulsar a própria idéia. "E ninguém vai envenenar você."

"*Você* quase me envenenou em Viena com carvão. Agora vai ser com o aquecedor?"

"Aquilo foi um acidente, Kurtele", ela diz com a exasperação de alguém que repetiu a mesma defesa tantas vezes que a frase se transformou numa palavra nova, um conceito independente emergindo maior que a soma de suas partes. "Aquilo foi um acidente, Kurtele! Vou provar a maçã para você", ela diz, pescando a fruta maculada do lixo e rompendo a casca com o dente da frente. Adele come o resto da maçã. Ao lamber os dedos para limpá-los, joga o miolo de volta à cesta de lixo.

À medida que a tarde vai se esgotando, Adele remove carne fibrosa de uma carcaça e, com ela, veias e ligamentos se soltam deixando um arco de cartilagem lustroso e limpo. A carne púrpura fede a gordura liquefeita, e esta brilha nos dedos calejados de Adele, enquanto ela atira os pedaços de frango no guisado fumegante. Kurt permaneceu no seu gabinete o dia inteiro. Ele não suporta o cheiro ou a visão de carne de animal cozinhando. A textura da carne deslizando por sua língua o enoja. Ela terá que transformar o guisado num purê e induzi-lo a comer. Primeiro ele a observará provando a sopa quente para demonstrar que a comida não está envenenada. Depois ele a observará comendo uma tigela inteira e esperará ao menos uma hora para ter certeza de que a mistura não contém agentes de ação retardada. Se Adele tiver sorte, Kurt permitirá que o alimente colherada após colherada, como um bebê. Esse seria um jantar bem-sucedido.

Ela está suando porque ficou inclinada sobre o fogão. Ou talvez tenha contraído aquela cepa de gripe que paira por Nova Jersey a cada ano. Ainda é julho, mas é possível. Kurt não pode perceber que Adele não está bem. Se ele a vê transpirando perto da cozinha, não comerá por dias. Antes de chamá-lo para vê-la provando a comida, ela esfrega as mãos com um vigor vacilante, depois ajeita os cachos de cabelos bem definidos embaixo e em torno da cabeça e das orelhas. Seca o rosto e detém-se diante do pequeno espelho oval no corredor para reaplicar o lápis de sobrancelha numa linha reta que vai subindo e se afastando do centro. Aquilo faz com que pareça ligeiramente zangada, mas também melhora o aspecto dos olhos. De pé, numa pose de três quartos, a marca de nascença cor de vinho do Porto quase oculta, ela pensa: "Mesmo gorda, ainda consigo ter boa aparência". Assobia, "Pff", e depois berra: "Kurtele, a sopa!".

O jantar não está destinado ao sucesso. Enquanto Kurt luta contra seu estado de espírito sombrio e observa Adele demonstrando os poderes restauradores da sopa incontaminada, o rosto dela fica untado de suor. Embora a náusea e a dor se intensifiquem, ela tenta conversar para não alarmar o marido, mas desaba em meio a um comentário sobre a mulher de Oskar e sua suposta obsessão por *ginger ale*.

A hora seguinte é um desastre. Kurt berra com ela. Tem medo de tocar nela ou na sopa derramada em seu braço e no linóleo. Sente-se velho. Sente-se infeliz. Por alguns minutos, não consegue suportar a idéia de alguém vê-los daquela maneira, e não reage. Finalmente entra em pânico. Há vários telefonemas confusos para Oskar, até que Dorothy agarra o fone das mãos do marido, desliga na cara de Kurt e chama uma ambulância.

Adele é conduzida às pressas ao hospital, onde se submete a uma colostomia emergencial em que uma parte de tecido intestinal perto do final do intestino delgado é passada pela parede abdominal para se juntar a uma incisão na pele do estômago. Os lados do seu intestino são costurados à parede abdominal, e uma bolsa artificial é presa à abertura para coletar as fezes, mais soltas e macias do que ela havia imaginado. Acostumada a verificar as fezes de Kurt por insistência dele, jamais demonstrara mais do que um interesse passageiro por suas próprias fezes. Ela protege Kurt da visão da bolsa de colostomia, mas a mera idéia o atormenta tanto que ele se sente aliviado por nenhum desses semisólidos imundos ter passado por ele há vários dias. Kurt passa tantas horas ao lado dela quantas as enfermeiras permitem, mostrando todo o afeto possível por sua bela e doce Adele. Ele dormiria ao lado dela se o pessoal do hospital permitisse. Assim decorrem os cinco meses da convalescença dela.

Ninguém sabe ao certo como Kurt sobrevive nesses cinco meses. O colapso de Adele torna qualquer tipo de alimentação impensável por muitos dias. Adele faz o máximo para convencê-lo de que a sopa não estava envenenada, mas Kurt insiste que um bafo cáustico emanava do caldo. Oskar também tenta. Ele explica em termos médicos: "Foi uma simples obstrução do intestino, nada incomum em dietas gordurosas". Adele tenta, sem muito entusiasmo, forçá-lo a comer a comida dela do hospital, tão ruim que até ela tem dificuldade em ingerir — embora tenha desenvolvido certo desejo pelo purê de batatas com ervilhas das terças-feiras. Com o tempo, ele começa a comer com extrema frugalidade: não o bastante para mantê-lo vivo, mas o bastante para protelar sua morte. De modo que Kurt passa fome. Uma inanição muito lenta e dolorosa.

O episódio da colostomia de Adele destruiu a regulação comida versus laxante de Kurt. Seu diário de movimentos intestinais, temperatura do corpo e ingestão de remédios torna-se irregular e confuso sem Adele ali para vigiá-lo, banhá-lo, mandá-lo dormir. O lado dela da cama está vazio e silencioso. Ele consegue ver a sombra fantasmagórica do que outrora era Adele rolando entre os lençóis ásperos. Ele ainda consegue inalar os vestígios do último sono almiscarado dela na cama de casal e faz força para ouvir seus suspiros ao romper do dia. Mas o lado dela da cama está vazio.

"Traga-me cianeto!", Kurt implora para Oskar ao telefone. "Entram no meu quarto todas as noites e me injetam um soro amarelo. O que estão fazendo comigo? Oskar, você tem que ajudar no meu suicídio. Por favor, Oskar, imploro que me ajude. Os médicos de Adele vão me internar num asilo. Envenenaram o frango. Oskar, traga-me cianeto."

"Quem entra no seu quarto? Quem?", Oskar berra ao telefone apenas para perceber que a linha ficou muda. "Ele vive em outro mundo", conta à esposa à guisa de explicação. "Cianeto, está pedindo cianeto. Para quê? Para envenenar sua própria comida? Sabe de onde ele tira essa idéia? Da maçã envenenada da Branca de Neve. É seu filme favorito." O clangor abrupto do sinal de discar derrubou ainda mais o ânimo de Oskar. "Dorothy, você sabe que ele pode ser encantador às vezes. Animado e bem divertido. Tem sido uma boa e brilhante companhia para mim todos esses anos, e você lembra como Einstein prezava a sua amizade. Você não tem idéia do que uma tal conversa significa para mim: aqui está um dos homens mais brilhantes do nosso século, fortemente ligado a mim. Ele está claramente sofrendo de algum tipo de paranóia, esperando minha ajuda, e sou incapaz de oferecê-la. Ao se prender a mim, e ele não tem mais ninguém, isso está bem claro, aumenta a carga que estou suportando."[22]

Quando Kurt chega à sua porta uma hora após o terceiro telefonema daquele dia, Oskar é incapaz de camuflar o desânimo ante seu aspecto cadavérico, óbvio apesar do acolchoamento de diversas camadas de roupas. Sua pele está verde onde é mais grossa e mais puxada na direção da maçã do rosto, empalidecendo numa pele amarela dura em torno dos orifícios no crânio onde um espaço resta para seus olhos. Suas têmporas estão flácidas e largas como pires. "O engraçado", Oskar certa vez contou à esposa, "é que Adele é uma boa cozinheira quando se deseja uma comida alemã tradicional."

Os anfitriões de Kurt colocam uma *ginger ale* quente com pedras de gelo na mesa diante dele. O copo tem xarope de raiz de gengibre e soda até a metade, com montes de polpa amarela do ocupante anterior do copo: *spritzer* de suco de laranja. A metade superior do copo está carregada de sol, sol quente e pesado entrando pela janela, como se o astro vazasse um líquido ao longo dos raios até o copo. O calor faz com que a raiz de gengibre e a soda espumem. Da última vez que o casal visitou os Morgenstern, Adele bebeu três desses *ginger ales* caseiros. Seu rosto encobriu o copo, ela sugou o suco quente até a base pesada do copo. A bebida tornou-se um xarope estimulador da sede que revestiu seus dentes e sua língua e todo o tubo digestivo até chegar ao estômago doido-por-água. Quando ela mencionou sua sede, a sra. Morgenstern entendeu mal e trouxe outra *ginger ale* caseira com pedras de gelo. E depois mais outra. A gulodice de Adele causou má impressão aos Morgenstern, e a incapacidade dos anfitriões de fornecer um pouco de água fresca tampouco deixou boa impressão em Adele. As duas mulheres sentaram-se uma diante da outra e deram início a uma saraivada exaustiva de poses femininas, cada uma procurando superar a outra. Adele esticava a bainha da blusa ao se retorcer até a ponta do sofá no que imaginava ser uma posição mais felina. Ao que Dorothy reagia com um cruzar estranho dos tornozelos. Ao que Adele repousava as mãos grandes nos joelhos e contraía o queixo, tentando sugar toda a sua corpulência numa forma mais alongada, até pressionando sua mão esperançosa no meio. Ao que Dorothy curvava os pulsos delicadamente para o lado dos joelhos. E assim a noite prosseguiu, cada uma acompanhando a postura da outra e depois elevando as apostas um passo ridículo de cada vez.

Adele conseguiu transformar o episódio da *ginger ale* em tema de conversa durante meses. A visão daquela mesma bebida na ausência de Adele apenas amplia a solidão de Kurt. Assim a visita não começa bem. Oskar e a mulher sugerem que, com o calor de vinte graus, Kurt tire o suéter, sem suspeitar da presença de outro suéter sob aquele. Mas Kurt não consegue se livrar dos calafrios e aceita outro suéter de tricô oferecido pela mulher de Oskar. E depois um casaco. E depois outro casaco. E uma manta quentinha. E depois, com dificuldade, Oskar acende a lareira apesar de seu próprio desconforto. O processo de enrolar tecidos sobre o cadáver visitante consome a melhor parte do encontro.

Kurt está incrivelmente transparente.

"Você está preocupado. Seus olhos parecem preocupados", Oskar diz e, com o indicador e o polegar, rodeia os seus próprios para mostrar o local de olhos preocupados. "Sim. E estou cansado." O desespero domina seu rosto. Oskar franze a testa diante do temporal se formando, seu próprio rosto quase tão transparente quanto o de Kurt.

Kurt se robustece para um momento doloroso de autopercepção. Ele é um boneco esquelético em vestimentas abundantes, teatralmente iluminado por um fogo que consegue sobrepujar a luz solar amarela. "Oskar", ele diz, para atrair sua atenção, como se fosse Oskar quem estivesse perdido num emaranhado perigoso de seus próprios pensamentos. "Oskar, nunca desenvolvi meu potencial. Não depois que vim para os Estados Unidos."

Oskar toca na testa e busca algumas palavras consoladoras. Não encontra nenhuma.

"Se eu não tivesse descoberto os teoremas da incompletude, outra pessoa teria descoberto."

"Duvido." Oskar prende o fôlego enquanto ajeita as pernas.

"Sim, alguém teria, porque a matemática existe independentemente de qualquer um de nós."

"Conheço muita gente inteligente, Kurt, gente brilhante. Não conheço ninguém capaz de ter feito o que você fez. Tenho certeza de que ainda não entendemos plenamente as implicações disso, tenho certeza. Mas todos sabemos que você descobriu o limite derradeiro. Einstein mostrou que nada consegue se deslocar mais rápido que a luz, Heisenberg percebeu que jamais conseguimos transcender a incerteza quântica, e você nos ensinou que os números, *até os números*, estão para sempre além da razão humana."

"Não sou tão famoso assim."

"Será que isso importa tanto?"

"Importa se as idéias não são bem conhecidas."

"Mas suas idéias são conhecidas. Você mudou tudo. E agora existem máquinas e talvez um dia haja inteligência, inteligência artificial." Embora possa soar trivial, Oskar acrescenta: "Que grande impacto sobre o nosso futuro", porque acredita nisso, mas o diz quase para si mesmo.

"Wittgenstein disse que meus teoremas não passam de truques. *Artifícios. Kunststücke*!"

"Wittgenstein", Oskar ri. Seu nome ainda desperta lembranças de Viena. Embora elas tenham enfraquecido ultimamente,

Oskar tem tolerado muita falação sobre Wittgenstein: seu domínio sobre Moritz, suas idéias e, pior de tudo, seu desprezo pelas realizações de Kurt. "Você sabe bem", aqui ele bate na cadeira para inculcar um fato que afirmou inúmeras vezes, "você sabe bem", ele repete, "que muitos consideram a sua prova o resultado mais importante da história da matemática."

Ficam calados o tempo suficiente para o sol perceptivelmente mudar de ângulo, até que Kurt diz: "Ainda sou capaz de algumas façanhas. Ainda tenho essa capacidade".

"Não tenho dúvida."

"Estou fazendo escolhas reais, escolhas incríveis."

"São essas escolhas que você faz que me assustam."

"Essas minhas ações são uma demonstração de força, sabe, uma demonstração de liberdade. Uma prova do livre-arbítrio."

"Quais escolhas exatamente?"

"Estou sem comer faz uma semana."

"Meu Deus, Kurt."

"Todas as forças do universo nos impelem para esses ciclos aparentemente inevitáveis. Todas as forças conhecidas. Estou fazendo o impossível. Estou optando por desobedecer a essas forças, por reagir diferentemente do que elas instruem."

"Meu Deus, Kurt", Oskar repete.

Esse foi o último diálogo real entre eles antes que Kurt se perdesse em alucinações. Oskar tenta encontrar um caminho através da mente de Kurt que o leve até onde seu amigo brilhante está se escondendo. Ele o pegaria pela mão e o traria para fora dos portais de seus olhos, através das lentes binoculares em sua armação preta redonda, para esta realidade simples. A conversa é uma tortura. (Haverá muitas outras conversas terríveis com temas repetitivos. Kurt telefonará incessantemente por mais duas semanas até que, um dia, uma Dorothy inconsolável atenda: o dia da morte de Oskar. Gödel desligará sem uma palavra sequer. Não falará a respeito com ninguém. Quem sabe o que é real?) Incapaz de se levantar em suas pernas inúteis, Oskar permanece sentado enquanto ouve a porta se fechar atrás de Kurt, que vai ao encontro do dia úmido com os dois casacos dos Morgenstern mais um suéter, abandonando a manta quando ela cai no chão. De sua cadeira de rodas, Oskar apanha um atiçador de ferro achatado e apaga o fogo da lareira.

Adele volta para casa perto do Natal, febril e confinada ao leito. Não pode cuidar do corpo atrofiado e da mente exaltada de Kurt, e assim esta intumesce à custa daquele. A carne vai se consumindo ao redor dos ossos e a medula seca dentro deles até que tudo que resta é uma carapaça esquelética frágil. Ela lamuria histericamente até que Kurt enfim concorda em se internar no hospital como um caso de emergência.

Ele passa seus últimos dias sentado, ereto, na cadeira do hospital, mortificado pela agonia. Faz diagnósticos errados de cada dor trituradora das juntas, cada contração no peito, cada espasmo em seu flanco. Suspeita de um coração danificado pelas febres da infância, de uma úlcera agravada pelo chá, dos órgãos envenenados pela comida. Mas esses são apenas os apelos frenéticos de todos os elementos de seu corpo: apelos de misericórdia ao seu assassino.

Por três dias, queda-se naquela cadeira do hospital, pesando trinta quilos, recalcitrante e taciturno, até que a morte resulte da auto-inanição prolongada. Ele acredita que esse suicídio seja um triunfo de seu livre-arbítrio, uma opção impossível imposta a todas as forças legítimas. Mas, para o observador externo, seu suicídio poderia parecer o único desenlace possível de dois impulsos com forças iguais: o impasse derradeiro entre a determinação em viver e a determinação em morrer. Seria possível sua escolha não ser uma escolha, somente uma ilusão?

Durante esses três dias, ele combate as dúvidas e os temores de que não existe alma, nem vida futura, e de que a mente não passa de um mecanismo biológico que morre quando morre e ponto final. Passa esses dias ensimesmado, concentrado com o esforço pleno de sua mente doente.

Wilmslow, 1954

As razões por trás das ações das pessoas interessam muito pouco a Alan. Raramente nos interessamos por coisas em que não somos exímios, e Alan não é exímio em decifrar pessoas, nem mesmo a si próprio. Quando embarca num trem de Manchester a Londres no início da manhã com a intenção de saltar em Buckinghamshire, em momento algum pára a fim de refletir sobre sua motivação, de modo que em momento algum pára para se preocupar com as implicações. Dois anos atrás, lembra-se perfeitamente de que decidiu que estava na hora de voltar ao bosque e encontrar seu investimento da época da guerra. Chegou ao ponto de adquirir ferramentas apropriadas para localizar o tesouro perdido, mas elas ficaram esquecidas no seu galpão, junto com sua medalha da guerra. Quando o sono o abandonou na noite passada e seu experimento de galvanização pareceu enfadonho demais para aliviar-lhe o mau humor, a idéia da viagem ao bosque surgiu inopinadamente. Quem sabe por quê? Talvez estivesse um pouco saudoso do tempo em que era um pouquinho feliz.

A viagem de manhã cedo é fácil, sua fadiga quase agradável,

ao sacolejar por fileiras de casas de tijolos geminadas. Alan ruma para o bosque e começa sua expedição em busca das barras de prata. Ao meio-dia, está cavando no lodo. Está relaxado, embora deprimido. Seu corpo o repugna. Está obeso e impotente. O mais terrível é que desenvolveu seios por causa dos hormônios. Trata-se de mudanças que ele enfim admite serem permanentes e insuportáveis. Elas o envenenaram. Elas meio que o mataram. Se não terminarem seu serviço, ele próprio o fará.

Após todos esses anos, o carrinho de bebê continua no bosque. Coletou estações de chuva e detritos, raramente tendo uma chance de secar. Criou seu próprio microclima e nele cresce uma rica cultura de fungos e vegetação. Joan saberia os nomes dessas espécies. A lona azul-marinho está agora preta e verde, com salpicos de azul poeirento em alguns lugares. Os raios de metal das rodas grandes se projetam dos centros musgosos como ramos de metal brilhantes e perfeitos. Grande parte de seu caráter artificial desapareceu, assemelhando-se a algo que cresceu naturalmente. O carrinho de bebê é um marco singular, uma lápide ordinária.

Essa é a terceira e última expedição para recuperar as barras. Na primeira vez, conseguiu localizar duzentas libras em notas de antes da guerra enterradas com a prata. As notas estavam manchadas, mas utilizáveis. Na segunda vez, chegou com um detector de metais projetado e montado por ele mesmo. Funcionou o suficiente para descobrir diversas quinquilharias de metal sob o solo, mas não o suficiente para alcançar a cova rasa no chão do bosque onde enterrou a primeira barra. A segunda barra ele tinha certeza de ter enterrado sob o leito do riacho. Ali continuou, pois a profundidade da água gelada desencorajou-o de cavar.

Dessa vez, ele retorna com um detector de metais industrial que revela ainda mais entulhos condutores (De onde vem tudo isso? Do céu?), mas não consegue isolar a primeira barra de prata. A segunda barra realmente se perdeu. A ponte original foi derrubada e substituída por uma estrutura nova, e o leito do riacho agora está coberto de concreto. O inalador de benzedrina com as instruções criptografadas desapareceu com a ponte original. Embora um dos construtores o tenha encontrado, espantado, ele atirou o mistério ao lixo, junto com sua curiosidade. A segunda barra nunca foi encontrada e deve continuar ali enterrada, nem apodrecendo, nem fertilizando. Um osso artificialmente brilhante.

Alan não está desapontado demais. Depois de abandonar a busca, empenha-se em ficar realmente imundo. Ele sobe e cava e salta e brinca feito criança. Procura vermes e raízes fractais até o dia terminar.

Faz a longa viagem de volta a Manchester, de costas para a frente do trem, que balança e oscila enquanto percorre o interior. As árvores e os morros fluem para longe como chuva caindo de um guarda-chuva. O cenário obscurecendo do lado de fora da bolha de vidro. Em seu reflexo vê suas próprias vidraças de olhos azuis, sentindo-se do lado de fora das bolas de gude cor de anil impenetráveis que o separam do mundo. De trás desses olhos permanentemente interiorizados fita inutilmente aqueles olhos permanentemente exteriorizados.

Pela primeira vez, nos dois anos desde o julgamento, ele se reconhece nesses olhos, inalterados por hormônios, gordura e seios. O julgamento, aliás, foi rápido e decisivo. Alan e seu cúmplice declararam-se culpados das doze acusações de atentado grave ao pudor. (Sim, Alan confessou que fez aquilo. Não, não acreditava que estivesse errado.) As várias semanas entre sua prisão e o julgamento foram um tormento de agitação nervosa, embora em Alan só se manifestasse como uma pequena piora de seu jeito já estranho. Trabalhou em casa da melhor forma possível, ocasionalmente aparecendo na universidade ou em Londres para uma conferência. O ostracismo e o constrangimento lhe eram estados familiares, ele parecia levar adiante sua vida e até rir — quase se vangloriar — de seus crimes. Mas em particular o pânico o dominara — um pânico que se espalharia gradualmente por seu sistema.

Seu advogado explicou que a sentença para atentado grave ao pudor contrário à Seção 11 da Emenda à Lei Penal de 1885 era a castração ou a prisão. Alan ainda se ressentia de sua circuncisão. A perspectiva de perder os lastros, os principais culpados por assim dizer, era totalmente insuportável. Definitivamente optaria pela prisão. Com a prisão — crueldade, importunação, hierarquias abusivas — ele conseguiria lidar: havia sido treinado para isso na Sherborne School para rapazes, em Dorset. Não lidaria *bem* com ela. Seria um desastre — mas sobreviveria com sua masculinidade intacta.

De início, ao ouvir o advogado empregar a palavra, foi como se a incisão já tivesse sido feita. Ele foi derrubado antes do fim da sentença. Enquanto seus joelhos desmoronavam, o sangue fluiu até sua virilha em apoio histérico, seus lábios e seus poros não se beneficiando da perda de sangue. "Podem fazer isso?", conseguiu perguntar. Através de uma orquestra metálica de agitação cardiovascular quase pôde discernir o catálogo objetivamente recitado de casos resolvidos pela castração, técnica liberalmente aplicada nos Estados Unidos, sem falar em artigo recente no *Times* defendendo sua ampla implementação como corretivo para pervertidos e depravados. Mal conseguiu ouvir através do estrondo em seus ouvidos. O fraseado preciso não importou. Não era poesia. Entendeu que, mais uma vez, não havia entendido. E dessa vez não iriam simplesmente enfiá-lo sob as tábuas do assoalho.

"Poderiam igualmente me matar." Olhou-se na janela por sobre o ombro do advogado. O reflexo das lâmpadas matizava sua mandíbula, lembrando-o do sangramento, cuja visão o deixara inconsciente tantos anos antes durante a guerra, e ele realmente cacarejou: alto, pungente e ridículo. "Vocês sabem que desmaio quando vejo sangue", ele revelou. O riso prosseguiu, espremido pela boca fechada, ao tentar reprimir o nervosismo, com o mesmo sucesso com que reprimia sua sexualidade.

Acabou não sendo cirurgicamente castrado, mas quimicamente castrado com doses cavalares de estrogênio que o deixaram impotente e com seios visivelmente desenvolvidos. Sua sentença obrigou-o a se submeter a tratamentos em intervalos regulares, recebendo suas pílulas na Manchester Royal Infirmary, com um implante hormonal final conhecido por durar três meses. Sem correr nenhum risco, Alan teve seu implante removido ao final da sentença, estando assim enfim livre, ao menos aos olhos da lei. Se bem que não costumasse se entregar à autocomiseração ou ao ceticismo, suspeitou que aquilo não era exatamente verdade.

Dois anos após o julgamento e um ano após a remoção do implante hormonal, os efeitos parecem irreversíveis. Sua libido nunca foi inteiramente apagada, e ele teve alguns casos amorosos ocasionais no exterior, em Paris ou na Noruega, com a combinação habitual de desastre e comédia. Mas, na verdade, a organoterapia o corroeu. Sua carne está gelatinosa e seus desejos também se tornaram gelatinosos.

Ele não sabe como exprimir sua humilhação ou mesmo como experimentá-la. Ela trepida no seu interior como uma peça quebrada, deslocada e solta em seu arcabouço de metal. A humilhação não se acomoda num só lugar, onde sem dúvida supuraria, mas ao menos poderia ser posta em quarentena e até tratada. Se não gradualmente erodida pelas ondas imperceptivelmente atenuadoras do tempo, talvez mais agressivamente atacada, removida por seu analista junguiano. Mas a vergonha simplesmente não consegue ser enterrada nem contida.

O trem devolve-o a Manchester após a última tentativa fracassada de recuperar suas barras de prata. No isolamento de sua casa em Wilmslow, atira os trajes enlameados na cesta de roupa suja e gira as torneiras da banheira, que guincham e reclamam antes de gotejarem a água tépida na banheira rasa. Ele submerge o máximo que consegue. Seus joelhos, ainda altos no ar frio, se arrepiam. Ao olhar sua carne fraca, as pregas amarelas nas beiras de seu corpo estranho, a ondulação da pele excessiva aprisionando o acúmulo anormal de gordura oleosa, aquilo enfim acontece. Sua humilhação deita raízes, penetra nas profundezas da gordura de seus seios intumescidos, e daquele baluarte emite uma pulsação de vergonha bruta e vermelha. Um dia inteiro decorre até o rosa suave desbotar e, mesmo então, se dissipa apenas relutantemente quando seu corpo fica frio e morto.

Ele sai da água, seca-se parcialmente e, em silêncio, começa a planejar o suicídio, enquanto cantarola seu conto de fadas favorito: "Mergulha a maçã na jarrinha e deixa a morte, que nos adormece, entrar".

Não lhe ocorre escrever um bilhete. Ele não se arruma nem faz qualquer telefonema agourento. O remorso por sua mãe o detém por uns momentos, e ele se permite refletir a respeito até escurecer. Tarde da noite, consegue uma solução para o problema da mãe e, em poucos minutos, está maleável como manteiga e sucumbe deliciosamente à vertigem do sono. Acorda cedo antevendo o experimento de química que precisa preparar. Acorda cedo, mas da sua letargia até o final da vida mantém-se relaxado e à vontade.

É cianeto de potássio que ele traz na mão. Um elemento de seu experimento de galvanização. Ingerido, o cianeto induz a asfixia celular. Cada célula se sufocará e, como ele não passa de uma coleção de células, sufocará com elas. Uma bolsa de minerais infiltrada no solo da história. Não há vida futura. Nem alma. Nem Deus.

Quando estudante em Sherborne, tentou um experimento de galvanização semelhante. Já naquela época, os materiais inspiraram um plano mórbido de suicídio, usando cianeto, maçã e corrente elétrica. Teria sido divertido de certo modo, pelo menos a execução do experimento, se não a parte real da morte. Ele se pergunta o que teria acontecido se tivesse optado pelo suicídio quando aluno de Sherborne. Como todos os acontecimentos no universo, grandes e pequenos, conspiram para tornar o mundo exatamente como é. Como todas as suas idéias e ações, grandes e pequenas, são etapas necessárias em um mecanismo ainda maior. Por outro lado, ele não poderia ter feito quaisquer escolhas diferentes das que fez, porque não existe algo como livre-arbítrio. O mundo é exatamente como é.

No entanto, a força da sensação de que está fazendo escolhas ainda o espanta.

Ele quase conseguiu se matar em Sherborne, de forma totalmente acidental, várias semanas depois que a pior fase de melancolia passou e ele se sentiu quase estável. No dia após sua soltura de sob as tábuas do assoalho, sentou-se ao lado de Chris na aula de química e começou a contar como havia reproduzido o experimento com o iodo, embora a cor nunca parecesse totalmente certa e a proveta se espatifasse no chão. (Chris não pôde deixar de comentar a coincidência da aparição de Alan na carteira ao lado dele em todas as aulas. Alan ficou sem defesa e temeu alguma repreensão. Mas, após a aula, ao seguir atrás de Chris a caminho da aula de religião, sentiu-se melhor, pois Chris sinalizou que seguisse — fez isso com os olhos.) Quando então se sentou ao lado de Chris na aula de religião, Alan convidou-o a ver seu experimento mais complexo com cianeto para a eletrogalvanização. A rigor, receber no quarto meninos de outro alojamento não era admitido, mas também não era rigorosamente proibido. À meia-noite, aceitou o fato de que Chris não iria aparecer após a ceia conforme havia sido convidado. No conforto dos braços suavemente cruzados, seu rosto chiou sob lágrimas do tamanho de frutas que se vaporizavam e secavam, formando um sal mineral na sua mandíbula dolorida. Alan estava mergulhado numa solidão tão viscosa que até parecia uma substância real.

Todas as noites na escola, comia uma maçã, exceto naquela noite e nas onze subseqüentes. Em vez disso, desmontou seu experimento e, com as peças, inclusive sua fruta noturna habitual, montou uma máquina de suicídio: uma maçã envenenada eletrificada. Diversas vezes nas semanas seguintes desmontou e remontou o mórbido aparelho. Após alguns dias, polia a casca ondulada da fruta que azedava. Horas vazias passavam pelo quarto até que, de manhã, jogava a maçã tóxica no lixo, apanhando uma maçã nova no desjejum para reconstruir o dispositivo.

Onze dias depois, Chris apareceu no quarto de Turing com um artigo novo sobre matemática que precisava compartilhar com o velho Turing. Alan rapidamente desmontou sua inventiva máquina da morte, atirando a maçã de lado. Naquela noite, pensou em Chris e em provas e verdade e significado e fé, e nem se sentiu tão vazio assim. Motivo pelo qual achou particularmente engraçado que, ao encontrar uma maçã em sua pilha de roupas de cama, a levasse, distraído, aos lábios para dar uma mordida. "Lave as mãos", sua mãe costumava repreendê-lo. "Não as coloque na boca", ela advertia. "Um dia você acaba se envenenando."

Sempre que se sente assim — perplexo, vazio, paralisado, idiota — pensa naquela hora sob o chão e em Chris. É a reação involuntária do seu cérebro, como uma lembrança agridoce indesejável que invade seus pensamentos em reação a um aroma sentimental: o cheiro de sua infância. E a cada vez, quase ri.

Ele contempla a proveta transparente de veneno até que a lembrança de Chris surja e desapareça. Mergulha a maçã na mistura e devolve-a ao seu lugar sobre a mesa. Isso levará apenas alguns minutos. Ele não sabe se deve se deitar ou cair. Prefere se deitar primeiro e se acomoda na cama. Fica deitado um pouquinho. Uma sensação gostosa. O peso novo na barriga e nos braços não o incomoda quando assim afundado na cama, a carne extra o impele mais fundo molas adentro. Permanece ali deitado um longo tempo.

Quando aparentemente chega a hora, fluindo até ele ser carregado por sua corrente incessante, senta-se na beira da cama de armação de metal, apanha a maçã e rompe a bonita casca vermelha com os dentes. Está insípida. Dá outra mordida com a boca ainda cheia de fruta mastigada. Tenta se erguer. Cambaleia e engole enquanto cai.

Suas células não morrem em uníssono. Cada célula perece em separado, como um inseto esmagado entre dois dedos insensíveis. Alguns sistemas param de funcionar imediatamente, enquanto outros esperneiam. Consegue sentir as costas ligadas ao solo, até a pele ficar tão fria que dá a sensação de ter desaparecido.

Consegue sentir uma comichão cruel na coxa esquerda, e seu pé direito sacode.

Imaginou que teria um último pensamento e fica curioso em saber qual será. Começa com Azul Forte, Chris, Uma Pontada de Amor, Vidro Estilhaçado. Depois sua mente desmorona como uma orquestra que desafina e, embora permaneça consciente e autoconsciente, seus pensamentos começam a se desintegrar nas partes componentes até a linguagem desaparecer e só haver abstração. Seu último pensamento não é uma palavra ou uma imagem. É um raio em sua mente, à medida que seu cérebro libera, e cada domínio de sua matéria cinzenta emite uma última nota capaz de soar enquanto as substâncias químicas conseguirem sustentá-la, como a ressonância de uma ópera bem depois que a orquestra terminou de tocar.

Uma espuma se forma ao redor de seus lábios e borbulha delicadamente na brisa de sua última exalação.

Nova York

Aqui estou, em Nova York. Estamos no século XXI. Este lugar é tão bom e esta data é tão boa como quaisquer outros.

Estou descendo um meio-fio. A entrada do metrô fica do outro lado da rua. Grandes globos verdes indicam que a entrada do centro da cidade está aberta. Luz artificial competindo com o sol. Há crianças no parque; uma mulher com cabelos prateados e um casaco velho e comprido; um casal num banco. Uma praga amarela de táxis infesta as ruas. Caminho atrás de alguns e na frente de outros. Todos nos movemos ao longo de trajetórias fixas, seguindo nossos arcos prescritos. A praga desaparece atrás da muralha de pedra, enquanto os degraus antigos me conduzem para o metrô embaixo.

Estou sob a cidade. Nesse subterrâneo fedorento, líquidos diversos fluem das ruas pelos bueiros até os trilhos. Um trem chega. O vagão está vazio. Consigo ver meu olho na janela do vagão C. Um grande olho preto. Estou dentro olhando para fora e fora olhando para dentro. Contemplo o disco opaco de uma máquina biológica.

Não existe um final. Tentei inventar um, mas era mentira, e não quero ser uma mentirosa. Esta história terminará onde começou, no meio. Um triângulo ou um círculo. Um circuito fechado com três pontos. Uma crônica errante em busca de um tesouro enterrado nos bosque, nas ruas, em livros, em trens vazios. Ávida por um amuleto, uma jóia, uma razão, um propósito, uma verdade. Quase consigo vê-lo na periferia, exatamente onde disseram que estaria, brilhando para mim das extremidades distantes de cada ângulo que perscruto.

Notas

É natural, ao ler um relato de figuras históricas, indagar quais dos fatos centrais foram modificados, se é que houve modificações. As cenas que estruturam esta obra foram extraídas dos textos técnicos de Kurt Gödel e Alan Turing, de seus trabalhos arquivados e de suas biografias. Para informações biográficas, recorri a três livros em particular: *Alan Turing: the enigma*, de Andrew Hodges; *Logical dilemmas: the life and work of Kurt Gödel*, de John Dawson; e *Ludwig Wittgenstein. the duty of a genius*, de Ray Monk.

O número de fatos intencionalmente alterados nesta narrativa é pequeno. As maiores liberdades foram tomadas com personagens secundários. Por exemplo, Otto Neurath e Olga Hahn-Neurath fizeram realmente parte do Círculo de Viena. Otto tinha cabelos e barba ruivos e uma personalidade calorosa e franca. Olga era cega e fumava charutos. Mas desconheço os detalhes de sua amizade com Gödel, e a história de sua amizade contada aqui é em grande parte inventada. Não foi Oskar quem se despediu de Gödel quando este viajou no *Champlain* de volta à Europa, e sim outro colega — ainda que Oskar viesse a se tornar o último amigo da vida de Gödel e que os demais detalhes dessa amizade relatados nesta história tenham respaldo histórico. Turing foi ver *Branca de Neve* pela primeira vez com um amigo de Cambridge, não com Joan, e a época das viagens para recuperar a prata na floresta, bem como sua visita à Rainha Cigana, foi alterada para maior coesão. Outro ponto que vale a pena mencionar: o artigo notável de Turing de 1936, "On computable numbers, with an application to the Entscheidungsproblem" ["Sobre os números computáveis, com uma aplicação ao Problema da Decisão"], costuma ser discutido no contexto do Problema de Halting. Entretanto, Turing não empregou essa terminologia — a expressão foi cunhada na década de 1950 —, de modo que ela não é usada explicitamente neste livro. A profundidade e a magnitude das idéias de Turing e de Gödel são apenas superficialmente abordadas aqui. Posso apenas reconhecer os numerosos e excelentes volumes dedicados à obra deles. Finalmente, há muitas omissões, particularidades fascinantes da vida de ambos que estão além do escopo deste livro. Uma lista dessas particularidades inclui a amizade de Gödel com Einstein, bem como o trabalho de Turing nos Estados Unidos durante a guerra e seu desenvolvimento, no pós-guerra, do computador de Manchester.

Quanto aos detalhes incluídos e à história como um todo, correspondem a acontecimentos históricos documentados. Turing foi aprisionado sob as tábuas de assoalho na Sherborne School ao menos uma vez. Ele decifrou o código Enigma, enterrou barras de prata na floresta durante a guerra, foi noivo de Joan Clarke, teve aquele caso malfadado com Arnold Murray, agüentou a terapia hormonal subseqüente, visitou a Rainha Cigana e suicidou-se mordendo uma maçã envenenada com cianeto. Gödel casou com Adele, e ela o alimentava com comida alemã preparada em casa. Ele acreditava na transmigração da alma, passou temporadas em diferentes sanatórios, sofreu de paranóia e delírios, guardava pedaços de papel e volumes de cadernos escritos na frente e no verso, e acabou provocando a própria morte por inanição.

Em várias partes deste livro aparecem citações diretas, embora o contexto possa ter mudado. As notas a seguir identificam e restauram as citações completas, ligando-as a seu contexto original com referências. Na maioria dos casos, uma referência primária é mencionada, bem como uma referência secundária onde a citação possa ser encontrada. Não se trata de uma lista completa das fontes consultadas.

1. Comentários de Geoffrey O'Hanlon, o *housemaster* [responsável pelos alunos residentes] do alojamento Westcott da Sherborne School, sobre os boletins escolares de Turing. Andrew Hodges, *Alan Turing: the enigma* (Nova York: Simon & Schuster, 1983).

2. Comentário do professor conselheiro de classe de Alan Turing, A. H. Trelawny Ross. Hodges, *Alan Turing*.

3. Raymond Smullyan lista diversas frases auto-aniquiladoras compiladas pela primeira vez pelo dr. Saul Gorn em seu "Compendium of rarely used clichés". Raymond Smullyan, *5000 b. C. and other philosophical fantasies* (Nova York: St Martin's Press, 1983).

4. Em carta à sra. Morcom, Alan Turing escreveu: "Minha querida sra. Morcom, fiquei tão satisfeito por estar em Clockhouse na Páscoa. Sempre gosto de pensar naquilo especialmente com relação ao Chris. Isso nos lembra que Chris está, de certa forma, vivo *agora*. Somos propensos demais a pensar nele vivo somente em alguma época futura quando voltaremos a encontrá-lo; mas é muito melhor pensar nele como separado de nós apenas por enquanto". Hodges, *Alan Turing*.

5. Alan Turing escreveu à sra. Morcom: "Em ciência supunha-se que, se tudo fosse conhecido sobre o universo em qualquer momento particular, poderíamos prever como ele seria por todo o futuro. Essa idéia se devia realmente ao grande sucesso das previsões astronômicas. A ciência mais moderna, porém, chegou à conclusão de que, ao lidarmos com átomos e elétrons, somos incapazes de saber seu estado exato,

já que nossos instrumentos também se compõem de átomos e elétrons. O conceito de que somos capazes de saber o estado exato do universo realmente deve sucumbir em pequena escala. Isso significa então que a teoria que sustentava que nossas ações, assim como os eclipses etc., são predestinadas também sucumbe igualmente. Somos dotados de uma vontade capaz de determinar a ação dos átomos, provavelmente numa pequena porção do cérebro, ou possivelmente em todo ele. [...] Quando o corpo está dormindo, não posso saber o que acontece, mas, quando o corpo morre, o 'mecanismo' do corpo, contendo o espírito, desaparece, e o espírito encontra um corpo novo mais cedo ou mais tarde, talvez imediatamente". Hodges, *Alan Turing*.

6. Comentário de Gödel a Oskar em resposta à pergunta de Oskar sobre Viena. Diários de Oskar Morgenstern, Perkins Memorial Library da Duke University. John W. Dawson, *Logical dilemmas: the life and work of Kurt Gödel* (Wellesley, Mass.: A. K. Peters, 1997).

7. "O que o traz aos Estados Unidos, Herr Bergmann?" foi a pergunta de Kurt Gödel, conforme relatado por Gustav Bergmann a John Dawson. Dawson, *Logical dilemmas*.

8. Ludwig Wittgenstein à sua irmã Hermine Wittgenstein. Hermine Wittgenstein, "My brother Ludwig", em *Ludwig Wittgenstein: personal recollections*, org. Rush Rhees (Oxford: Basil Blackwell, 1981).

9. Raymond Smullyan lista diversas frases auto-aniquiladoras compiladas pela primeira vez pelo dr. Saul Gorn. Essa expressão é a décima terceira da lista. Raymond Smullyan, *5000 b. C. and other philosophical fantasies*.

10. Conversa entre Wittgenstein e Turing no curso de Wittgens-

tein, Fundamentos da Matemática, em 1939, conforme registrada nas anotações dos alunos durante a palestra XXI:

> WITTGENSTEIN: "Pense no caso do Mentiroso. É muito estranho, de certo modo, que isso possa ter intrigado alguém — bem mais extraordinário do que você possa pensar: que isso possa ser algo que preocupe os seres humanos. Porque a coisa funciona assim: se um homem diz 'estou mentindo', dizemos que se segue que ele não está mentindo, ao que se segue que ele está mentindo, e assim por diante. Bem, e daí? Você pode prosseguir assim até não agüentar mais. Por que não? Não importa... agora suponhamos que um homem diga: 'Estou mentindo', e eu diga: 'Logo, você não está, logo, você está, logo, você não está...'. O que há de errado? Nada. Exceto que isso não serve para nada; não passa de um jogo de linguagem inútil, e por que alguém deve se importar?".
> TURING: "O que intriga é que geralmente se usa uma contradição como um critério para indicar se ter feito algo errado. Mas nesse caso você não consegue encontrar nada feito errado".
> WITTGENSTEIN: "Sim — e mais: nada foi feito errado. De onde virá o dano?".

E mais tarde na palestra:

> TURING: "O verdadeiro dano só virá se houver uma aplicação, caso em que uma ponte poderá desabar ou algo semelhante".
> WITTGENSTEIN: "Ah, essa idéia de uma ponte desabando, se há uma contradição, é de extrema importância. Mas sou burro demais para começar isso agora; fica para outra ocasião".

E depois na palestra XXII:

> WITTGENSTEIN: "A pergunta é: por que as pessoas têm medo de

contradições? É fácil entender por que deveriam ter medo de contradições em ordens, descrições etc., fora da matemática. A pergunta é: por que devem ter medo de contradições dentro da matemática? Turing diz: 'Porque algo pode dar errado com a aplicação'. Mas nada precisa sair errado. E se algo der errado — se a ponte desmoronar — então seu erro foi daqueles em que se usa uma lei natural de maneira errada".

Ludwig Wittgenstein, *Wittgenstein's lectures on the foundations of mathematics, Cambridge 1939, from the notes of* R. G. *Bosanquet, Norman Malcolm, Rush Rhees, and Yorick Smythies.* Org. Cora Diamond (Nova York: Cornell University Press, 1976).

11. A frase real de Turing numa carta enviada de Princeton à família é: "Church está aqui, é claro, mas Gödel, Kleene, Rosser e Bernays, que estavam aqui ano passado, partiram. Acho que não me importo com a ausência de nenhum deles exceto com a de Gödel". Hodges, *Alan Turing*.

12. Estas foram as palavras exatas de Turing em conferência na London Mathematical Society: "Eu diria que temos que ser justos com a máquina. Em vez de às vezes não dar nenhuma resposta, poderíamos fazer com que dê ocasionais respostas erradas. Mas o matemático humano também cometeria erros ao testar técnicas novas. É fácil para nós achar que esses erros não contam e dar-lhe outra chance, mas com a máquina provavelmente não teríamos nenhuma compaixão. Em outras palavras, se esperamos que uma máquina seja infalível, ela não pode ser também inteligente. Existem diversos teoremas que afirmam exatamente isso. Mas esses teoremas não dizem nada sobre quanta inteligência pode ser exibida se uma máquina não se pretende infalível. [...] É preciso permitir à máquina contato com seres humanos para que possa se adaptar aos seus padrões. O jogo de xadrez talvez seja bem ade-

quado a esse propósito, pois os lances do oponente automaticamente fornecerão esse contato". Hodges, *Alan Turing*.

13. Parte do diálogo entre Alan Turing e os detetives Wills e Rimmer está registrada em documentos do Chester Record Office. Hodges, *Alan Turing*.

14. Alan Turing em carta ao irmão John. Hodges, *Alan Turing*.

15. Em carta a Fred Clayton, um amigo de Cambridge, Alan Turing escreveu: "Quando vier a Liverpool, talvez você dê uma parada para me ver na prisão".

16. Oscar Wilde, "The ballad of Reading gaol" ["Balada do cárcere de Reading", tradução de Manuel José Gondim da Fonseca]. Alan Turing citou essa passagem a Joan Clarke por ocasião do rompimento do noivado. Hodges, *Alan Turing*.

17. Em carta a Joan Clarke sobre sua prisão, Alan Turing escreveu: "[...] pratico ocasionalmente [...] Não são tão selvagens como eram". Hodges, *Alan Turing*.

18. *Some remarks on the undecidability results*, em *Kurt Gödel: collected works*, vol. 2, *Publications 1938-1974*, organizado por Solomon Feferman, John W. Dawson Jr., Stephen C. Kleene, Gregory H. Moore, Robert M. Solovay, Jean van Heijenoort (Nova York: Oxford University Press, 1990).

19. Comentários de Oskar Morgenstern sobre Adele. Dawson, *Logical dilemmas*.

20. Adele gostava de dizer isso aos visitantes, especialmente mate-

máticos, sempre que os levava de carro para casa. Fato relatado pela dra. Verena Huber-Dyson em *Gödel and the nature of mathematical truth II* (disponível *on-line* em <www.edge.org>).

21. Descrição de Kurt Gödel, em correspondência à família, da estátua de um flamingo rosa que Adele instalou no jardim da casa deles em Princeton. Dawson, *Logical dilemmas*.

22. Numa nota arquivada na Perkins Memorial Library, da Duke University, escreveu Oskar Morgenstern: "É difícil descrever o que tal conversa [...] significa para mim: aqui está um dos homens mais brilhantes do nosso século, fortemente ligado a mim, [...] [que], é visível, está mentalmente perturbado, sofrendo de algum tipo de paranóia, esperando minha ajuda, [...] e [sou] incapaz de oferecê-la. Mesmo quando podia me deslocar e tentei ajudá-lo [...] fui incapaz de conseguir qualquer coisa [...] [Agora,] ao se prender a mim — e ele não tem mais ninguém, isso está bem claro —, aumenta a carga que estou suportando". Dawson, *Logical dilemmas*.

Agradecimentos

Obrigada a Dan Frank, meu editor, por sua visão e consideração — e por encontrar este livro comigo.

Agradeço também a uma bolsa Dream Time Fellowship (2003) do National Endowment for Science, Technology and the Arts, do Reino Unido.

ESTA OBRA FOI COMPOSTA PELA SPRESS EM ELECTRA E IMPRESSA EM OFSETE
PELA GRÁFICA BARTIRA SOBRE PAPEL PÓLEN SOFT DA SUZANO PAPEL E CELULOSE
PARA A EDITORA SCHWARCZ EM FEVEREIRO DE 2009